# KATER TOMASH
# DER TV-STAR

## Ein Märchen für Erwachsene
### - Kater Tomash Episoden –

### -Zweites BUCH-

von

## MARIO NAUMANN

# IMPRESSUM

1.Auflage Januar 2018
Copyright © 2017 Mario Naumann
Covergestaltung: BoD/Mario Naumann
Cover Fotos: Lizenzfrei PIXABAY
Mario Naumann – Hansestadt Rostock
mail: **naumann-mario@gmx.de**
http://biografie-parkinson.com
ISBN: 9783746067971
Herstellung und Verlag: BoD – Books on Demand, Norderstedt

# VORWORT

Es geht weiter, denn nach dem im ersten Buch „*Tomash und seine neue Familie*", der kleine Kartäuser Kater, jede Menge Erlebnisse hatte. Er war durch halb Europa gereist und kehrt aber nun, mit seinen neuen Menschen-Eltern an den Ursprung, des ersten Buches wieder zurück. Es geschehen auch wieder übersinnliche Situationen und der kleine Tomash erfährt etwas aus seiner waren Heimat. Alles wieder gebündelt mit Reise-Infos und Geschichtsunterricht.

Viel Spaß mit diesem Märchen, welches nicht nur für Erwachsene geschrieben wurde.

Mario Naumann

# INHALT

# ERSTES - KAPITEL

Es war einmal in Zamardi, am Balaton. Susi und ich und unsere zwei Kater lebten jetzt schon ein Jahr zusammen in unserem schönen neuen Haus. Eigentlich hat es die Zeit von dem einen Jahr auch gebraucht, dass wir uns richtig heimisch fühlen konnten. Wir waren mit Tomash und Max hierher gezogen um ein schönes und stressfreieres Leben genießen zu können. Kurz nachdem wir umgezogen waren, hatte der kleine Terrier von Klaus, unseren Kater Tomash ganz schlimm zugerichtet. Tomash konnte nur geheilt werden, weil es einen Bruder gab, der dieselben heilenden Fähigkeiten besaß wie Tomash.

Max hat den langen trockenen, aber bitterkalten Winter gut überstanden, denn er lag fast nur noch faul herum und das am liebsten in den kleinen runden Lehmmulden, die in unserem alten Kamin extra mit eingebaut wurden. Tomash hingegen, saß am Fenster und wärmte mit seiner kleinen Gumminase, ein kleines Loch in die von Froststernen funkelnde Scheibe, um sehnsuchtsvoll einen Blick nach draußen zu werfen. Er hätte ja gehen können, aber ihm fehlte seit dem Terrier Angriff nicht nur die Energie um im Schnee zu tollen, ich glaube sogar, ihm fehlte der Mut. Max, war wie gesagt auch nicht gerade so ein Draufgänger, im Gegenteil, was den Mut anging, passten sie jetzt richtig gut zusammen. Bei Menschen würde man jetzt sagen, sie gleichen sich, wie zwei linke Latschen.

Im Frühling war es sogar noch schlimmer, denn da ist Max zuerst raus um an dem kleinen Bach, der am Gartenende vorbeifloss, Stichlinge zu fangen. Tomash saß wie angewurzelt daneben und schaute völlig unbeteiligt dem Treiben von Max zu. Dieser Bach floss aber nur im Frühjahr, Herbst und Winter vorbei, denn im Sommer, war der kleine Bach von der Hitze ausgetrocknet. Wir haben dann begonnen, den kleinen

Tomash mit in unsere gemeinsam mit Gabor betriebene Concert Bar „Wondercat" mitzunehmen. Im Herbst und Winter trafen sich dort die einheimischen und sie hatte dadurch das Flair von einem Jugendclub.

Der Kellner, der für mich damals im Prozess gegen den Drogendealer ausgesagt hat, den haben wir gewinnen können, mit seiner Viktoria, die Bar zu übernehmen. Im Sommer half Alex auch ab und zu in dem Café aus, in dem ich ihn kennengelernt habe. Die beiden kamen damit aber gut zurecht. Es waren etwas viel Stunden, aber die beiden waren jung und brauchten das Geld.

Im ersten Sommer, der gerade begann, waren natürlich auch viele Urlauber in unserer „Wondercat" Bar. Anfang Juli, es war an einem Samstag, war die Bar gerammelt voll. Alle Sitzecken und die Plätze an den runden Stehtischen waren besetzt. Es spielte eine Gibsy-Kapelle, was natürlich den Touristen besonders gefallen hat. Der kleine Tomash setzte sich an das Ende der Bar, wo ich mit half die Gläser zu spülen. Die einheimischen kannten den Tomash natürlich und

Touristen, die schon ein paar Tage in Zamardi waren, wussten auch schon wer er war. Alle sagten aber, dass er so traurig schauen würde. Ich konnte das nur bestätigen und ihnen sagen, dass ich auch nicht weiß, was ich noch machen soll. Er saß heute auch nur da und gähnte vor sich hin.

Plötzlich wurde es unruhig in der Bar, denn Alex bekam mit jemanden Streit, der so heftig war, dass die Kapelle aufhörte zu spielen. Alex und sein Gegenpart gerieten aneinander. Der Fremde schrie irgendwas auf Ungarisch und Alex versuchte mit seinem Wiener Dialekt, dem Fremden klar zu machen, dass er die Bar verlassen soll. Der Fremde ohrfeigte Alex, worauf ich ihm helfen wollte. Bevor ich aber eingreifen konnte, traf mich die Faust mitten auf meinen Plexus am Kinn und ich ging zu Boden. Als ich wieder zu mir kam, versorgte mich Viktoria mit einem Schluck Wasser. Tomash war auch da und leckte mir das am Mund vorbeilaufende Wasser ab. Was ist denn da draußen los? fragte ich, denn mittlerweile schien sich die Angelegenheit nach draußen auf den Hof verlagert zu haben. Viktoria half mir auf und ging mit mir nach draußen. Tomash, ich weiß gar nicht was mit ihm los war, benahm sich irgendwie wie früher. Er stolzierte um einen silbernen Porsche 911 herum, und wollte anscheinend allen zeigen, wie stolz er ist. Aber warum?

Und Tatsächlich, hat Tomash den Fremden, nach dem er mich niedergeschlagen hat, auch niedergestreckt. Na sagen wir mal, er hat dabei geholfen. Er hat wohl erkannt, dass ich Hilfe brauch und ist dem Fremden, der eigentlich gar kein Fremder war, ins Gesicht gesprungen und hat ihm gezeigt was richtige Krallen sind. Alex kam dann zu mir und wedelte mit dem Autoschlüssel vom Porsche vor meiner Nase umher.

*„weißt du eigentlich wer das ist, den wir da in seinem Auto gefangen halten."* Ich sagte, dass ich es nicht weiß, worauf Alex fragte:

*„Na erkennst du ihn nicht, das ist das Arschloch, was dich über den Haufen gefahren hat"*

Aha, dachte ich nur und dann zeigte mir Alex noch etwas. Er machte die Klappe am Porsche auf und zeigte mir eine Tasche die voll mit Drogen war. Alex sagte dann die schönsten Worte, die ich an diesem Abend gehört habe.

*„Dein Tomash ist wieder der Alte. Der brauchte anscheinend nur so einen Kick"*

Als die Ungarische Polizei kam, tobte der Typ in seinem Auto. Er schlug mit seinen armen und selbst mit seinem Kopf immer wieder gegen die Seitenscheibe. Ich glaube er wusste was ihm jetzt blüht.

Die Polizei bedankte sich bei uns, worauf ich den kleinen Tomash hochnahm und sagte, dass sie sich bei dem kleinen Kartäuser Kater bedanken können. Was sie dann auch ganz artig taten.

Anschließend habe ich erst einmal Gabor begrüßt, der von alle dem, was in unserer Bar gerade passiert war, nichts mitbekommen hat. Ich blieb nicht lange, denn er hatte Stress, weil sein Sohn, an diesem Samstag als Servicekraft ausfiel. Er hatte aber so viel Zeit, dass er mich noch auslachen konnte, weil mein

Unterkiefer ganz schief stand. Ich bin dann nach Hause gefahren, wo mich meine Frau erwartete, denn der sogenannte Buschfunk, hatte schon von meiner Prügelei berichtet.

„Ich weiß schon alles, Klaus war hier."

„Aha, der traut sich wohl nur hier her, wenn ich nicht da bin" fragte ich Susi.

Ich nahm mir eine Rum-Cola-Dose und setzte mich zu meiner Frau in den Schatten. Eine richtige Überdachung wollten wir uns immer mal noch bauen, aber bis dahin, tat es auch ein riesiger Sonnenschirm, der aussah, wie eine überdimensionale Sonnenblume. Die Eiswürfel, die eigentlich in die Rum-Cola-Dose gehörten, wickelte ich in ein Stofftuch und kühlte damit meinen schmerzenden Unterkiefer. Ich fragte meine Frau, ob ihr an Tomash nichts auffällt. Sie sah ihn sich an und meinte nur, der ist ja wie ausgewechselt. Was auch wirklich stimmte. Sie freute sich über Tomash und freute sich noch mehr für die Alten im Dorf, die jetzt auch wiederkommen könnten, um ihm ihre Wünsche ins Ohr zu flüstern, ohne das

Tomash Angst bekommen muss, denn seit dem Terrier-Angriff, war das so.

Ich hatte mir auch ein neues Hobby zugelegt. Modell-Sportboot fahren. Das war das richtige Hobby für mich, denn dabei ging es nicht um das bauen der Mini-Sportboote, es ging nur um das damit fahren. Angefangen hat damit ein Holländer, der auch hier lebt und sein Boot, aus den Niederlanden mit hierherbrachte. Wir sind erst fünf Leute. Drei Ungarn, der Niederländer und ich. Für Heute Abend hatten wir uns ein Ziel gesetzt. Wir wollten unsere Haustiere in See stechen lassen. Ich wollte natürlich meinen wasserscheuen Kater dazu bringen mit meinem Mini-Fischerei-Kutter, auf dem Balaton umher zu schippern. Die anderen vier glaubten an ihre kleinen Pinscher, die mit relativ schnellen Mini-Sportbooten auf den See hinaussollten. Die anderen kannten ja Tomash nicht, der ja eher als ein Hund in einem Kater Kostüm daherkam. Als Susi das mitbekommen hat, wischte sie mit ihrer rechten Hand vor ihrem Gesicht umher und sagte:

„Ihr seid doch bekloppt", schüttelte den Kopf und ließ mich mit meinem Boot allein im Schuppen zurück.

Ich musste noch ein wenig vorbereiten, aber am Abend, gegen 20:00 Uhr trug ich das Boot zum Auto, holte Tomash auf den Beifahrersitz und fuhr zum Strand. Die anderen waren schon da. Als ich mit Tomash ankam, entlud sich erst einmal eine Menge Gespött über mich. Da ich aber Tomash kannte und er auch wieder Mutig war, machte ich mir eher um die anderen kleinen Pinscher sorgen, die alle vier noch angeleint herumbellten, als sie Tomash erschnüffelt hatten. Ich ließ Tomash freilaufen. Er schritt die Hundeaufstellung mutig ab, fauchte ein zweimal, bis die Pinscher Ruhe gaben und den Schwanz einzogen. Als die Machtfrage geklärt war, setzte sich Tomash neben mich und sah mir zu, wie ich meinen kleinen Kutter fertigmachte. Der Kutter war sogar so groß, dass ich ein kleines Kissen darauf befestigen konnte, damit es Tomash auch gemütlich hat. Was ich aber nicht wusste, dass einer der drei Ungarn ein TV-Team besorgt hatte, um einen kleinen Bericht im örtlichen Lokal-TV über uns zu zeigen.

Ich setzte dann den Kutter ins Wasser, flüsterte meinem Tomash was ins Ohr und entließ den kleinen Kerl dank meiner Fernsteuerung auf den Balaton hinaus. Da es schon abends war, hatten wir so gut wie keinen Wind. Da die anderen Boote aber ziemlich schnell waren, müssen zwei von den Pinschern Seekrank geworden sein, denn sie sind von Bord gesprungen, an Land geschwommen und haben sich in Herrchens Auto verkrümelt. Ok, das hätte mir nicht passieren dürfen, denn ob Tomash schwimmen kann, wusste ich nicht, aber dann wäre ich in die Fluten gesprungen und hätte den kleinen Kerl gerettet. Wir hatten alle zusammen viel Spaß. Dem TV-Team hat es so gut gefallen, dass der Leiter vom Team, sogar der Meinung war, der fertige Bericht ließe sich auch nach Budapest an das staatliche Fernsehen verkaufen. Als ich wieder nach Hause kam, erzählte ich zwar wie toll es war, aber berichtete nichts von den TV-Aufnahmen.

Tomash hat sich dann zu Max gelegt und ist sofort eingeschlafen. Es war wohl doch ein anstrengendes Erlebnis für den kleinen Kater. Das es ihm aber gefallen hat, konnte man daran sehen, dass er ab jetzt immer, wenn der Schuppen offenstand, in seinem Kutter, auf dem Kissen seinen Mittagsschlaf gehalten hat.

Am Sonntag, wollten wir eigentlich nichts tun, wollten mal relaxen, weil wir ja am Montag wieder arbeiten mussten. Susi arbeitete noch in dem kleinen Schmuckladen, in der Nähe vom Siofoker Wasserturm. Ich hatte mich gut in der Siofoker Naturstein-Firma eingearbeitet, kam mit den Ungarischen Mitarbeitern gut aus und erlernte ganz langsam die Ungarische Sprache.

Nach dem Mittagessen lagen wir vier in unserem Garten herum und ließen den lieben Gott einen guten Mann sein, wie man damals in Deutschland gesagt hatte. Ob es so einen blöden Spruch auch auf Ungarisch gibt, kann ich nicht mal sagen.

Meine Frau kochte gerade einen Kaffee für uns Beide, als der Land Rover von Barbara und Judith, in die Auffahrt rollte.

Aber da saß noch jemand im Auto, den ich nicht gleich erkannt habe. Es war Udo. Udo war vor zwei Jahren, mit einer Gruppe schwer erziehbar und schwer zugänglichen Jugendlichen, hier am Balaton.

Das Wiedersehen war Groß und brachte einige kleine Tränen zum Vorschein. Es stellte sich heraus, dass mein damaliges angeschobenes Projekt, immer noch funktioniert. Er war auch nicht mit einer Gruppe Jugendlicher gekommen, er war innerhalb dieser mittlerweile gegründeten Stiftung aufgestiegen. Er war hier am Balaton um die Verträge, mit dem Zeltplatz, mit dem Tierheim und mit Gabors Csardas-Restaurant, wo die Jugendlichen verköstigt wurden, zu verlängern.

Judith erzählte dann, dass seit Juni, immer für zwei Wochen, immer abwechselnd, einmal Jungs und dann Mädchen kommen. Bevor irgendwer Fragen konnte, habe ich heftiges Interesse angemeldet und Judith versprochen, am kommenden Samstagvormittag vorbei zu kommen. Ich war echt schon lange nicht mehr im Tierheim und ich gebe zu, ein klein wenig zeigte sich auch mein schlechtes Gewissen. Die drei sind auch erst wieder gefahren, als es dunkel war. Wir haben den Beiden sehr viel zu verdanken. Wir mussten echt aufpassen, dass sie uns nicht verloren gehen. Freundschaften müssen gepflegt werden. Sagt Susi immer.

Unsere beiden Kater haben den ganzen Sonntag gepennt. Max im Schuppen, auf einer Decke und Tomash auf einem dicken Ast auf dem Birnbaum, uns immer ständig im Blick habend.

Am Abend hatten wir noch einen Anruf, der kam von unseren Freunden Gabi und Billy aus Rostock. Sie hatten gebucht, ende August, zu uns. Ich wusste nicht, ob ich mich freuen soll, den vor einigen Jahren, hatten sie uns schon mal besucht, aber das ging voll in die Hose, das brauchten wir eigentlich nicht noch einmal. Ich werde mein Bestes geben, dachte ich und versprach es mir selber. Schlafen sollten sie bei Janosch und Susza, in der Ferienwohnung, in der Susi und Ich, das erste Mal, in Zamardi Urlaub gemacht haben

Am nächsten Morgen, ich wollte gerade zur Arbeit fahren, da kam Susza mit einem Vogelkäfig um die Ecke.

*„Wo willst du denn damit hin?"* Fragte ich sie.

*„Wir fahren doch für drei Tage zur Verwandtschaft nach Kecskemét und deine Frau war so freundlich unseren kleinen Kanarienvogel in Pflege zu nehmen."*
Aha, davon hat sie doch Garnichts erzählt, dachte ich, wünschte Susza viel Spaß bei der Verwandtschaft und fuhr dann weiter zur Arbeit. Susi, musste morgens immer erst gegen 09:00 anfangen zu arbeiten und hat morgens für Max und Tomash Frühstück gemacht. Sie war auch beizeiten wieder zurück und kümmerte sich um den Kanarienvogel. Ich kam gerade von der Arbeit und sagte beiläufig, das ich jetzt

einen Appetit auf ein Kaffee hätte. Susi sagte sie hätte auch gern einen und fing an zu brühen. Nebenbei machte sie aber den Vogelkäfig von Susza und Janosch sauber, beziehungsweise von Bubi, dem kleinen Kanarienvogel, der ja der eigentliche Bewohner von dem drahtigen zu Hause war.

Es sah putzig aus, denn der kleine Vogel machte einen Krach. Den machte er aber nicht nur so, denn Max saß links und Tomash saß rechts vom Käfig und zeigten dem kleinen Piepmatz ihre kleinen spitzen Zähne und vergaßen auch nicht, während ihres Machogehabes, auch mal kräftig zu fauchen. Das war auch kein Spiel, das war von Max und Tomash der pure Ernst, denn es waren ihre Jagd Instinkte, die jetzt wieder ausgebrochen sind.

Wir saßen am Abend wieder ein bisschen draußen, Susi ging nochmal ins Haus, um einen letzten Drink zu holen und kam kreidebleich wieder zurück, setzte sich und sagte: *„Bubi ist weg"* Ich versuchte einen Scherz zu machen, in dem ich ihr erklärte, dass er woanders und nicht weg ist. Susi hatte sich dann nicht mehr im Griff, schrie im Haus herum und suchte Max und Tomash, die sie im Verdacht hatte. Die beiden lagen aber friedlich auf den Steinen, der aufgeheizten Terrasse.

Susi suchte jetzt schon zwei Stunden. Ich habe mich nicht beteiligt. Ich dachte nur, wenn der Käfig auf war, dann ist der Vogel sonst wo, er hat sich seine Freiheit zurückgeholt. Susi aber machte sich weniger um den Kanarienvogel, es ging ihr eher um die Peinlichkeit, Janosch und Susza zu erklären: *„Hallo, euer Vogel*

*ist         nicht         mehr         da."*

Sie konnte auch nicht schlafen, tigerte die halbe Nacht durch das Haus und suchte weiter, obwohl sie ganz genau wusste, im Haus kann er nicht sein. Am nächsten Morgen, war wie immer Hektik in Bad und Küche. Susi war jetzt auf Max und Tomash wütend, weil sie glaubte, einer von den Beiden hat die Tür am Käfig aufgemacht und ihn dann .... *„Ich will es mir gar nicht vorstellen"*, sagte sie.

*„Schau sie dir doch mal an, wie sie hier vor dem Kühlschrank sitzen und sich ihr Maul schlecken."* Wetterte Susi weiter.

In der Tat, so aufgeregt, hatte ich beide Fellnasen, morgens auch noch nicht erlebt. Immer wenn einer von uns beiden in die Küche kam, standen sie hoch am Kühlschrank, als würden sie die Kühlschranktür zumachen wollen. Das ergab keinen Sinn, aber beobachtet habe ich diese seltsame Verhaltensweise auch. Ich habe dann die Kühlschranktür geöffnet. Die beiden drückten sie wieder zu und taten so, als sollte ich sie hochheben. Wobei der Tomash das besser rüberbringen konnte, weil er nach wie vor, bessere menschliche Verhaltensweisen an den Tag legen konnte, als unser Max. Ich wollte sie auf den Kühlschrank heben, aber dazu kam ich gar nicht mehr.

Ich nahm den großen Milchkrug vom Kühlschrank und in dem Moment standen alle zwei hochkant an meinen Beinen und fingen an zu fauchen. Unwillkürlich hatte ich das Gefühl, dass mit dem Milchkrug irgendetwas nicht stimmen würde. Und tatsächlich flatterte der kleine Bubi im Milchkrug umher, kam aber nicht raus, weil der Krug eine trichterförmige Öffnung hatte. Der Krug war leer, was auch gut war, sonst wäre der arme Kerl in der Milch ertrunken.

Das nächste Wochenende stand an. Freitag war für mich immer ein Stresstag, denn da musste ich bei Siofok Naturstein Inc. & Co KG, meine Abrechnung machen und anschließend den Abend in der „Wondercat" Musik Bar vorbereiten. Samstag wollte ich mir ja frei nehmen, denn da hatte ich Judith versprochen, mit Susi ihr Tierheim zu besuchen.

An diesem Freitag, hatten wir Ungarns top Geiger der Gipsy Szene zu Gast „Laszlo der Teufelsgeiger" Ich hatte vorher von einem ungarischen Kollegen eine CD bekommen und war begeistert. Ich schaffte es gerade so zum Soundcheck, den der Künstler schon 15:00 Uhr machen wollte. Normalerweise spielt er mit einem Gitarristen, aber Gabor, mein Freund und Geschäftspartner hat ihn überreden können, mit einem Playback aufzutreten. Nicht wegen dem Sound, er war einfach billiger. Die Geige spielte er aber Live dazu. Der Soundcheck war schon ein voller Erfolg. Es spielte noch eine Folk Band aus dem Nachwuchs Bereich, so dass Laszlo erst gegen 21:00 Uhr auftreten sollte. Ich habe ihn dann mit zu mir nach Hause genommen, wo wir ihn bewirtet haben. Was mich erstaunt hat, war, dass er noch so jung war. Er erzählte viel von seiner Familie und von der Diskriminierung der Roma. Das war mal anders, sagte er. Die ersten Roma wanderten im 15. Jahrhundert während der von 1387 bis 1437 andauernden Herrschaft von Sigismund von Luxemburg aus Siebenbürgen in das Gebiet des heutigen Ungarns ein. Neben handwerklichen Fähigkeiten in der Metall- und Holzproduktion sowie in der Waffenreparatur während der Türkenkriege wurden die Roma vor allem wegen ihrer Musik geschätzt: Bei seiner Hochzeit mit Beatrix von Aragón stellte der König Matthias Corvinus (1443–1490) „Zigeunermusiker" an. Vor allem im Vergleich zu anderen Regionen Europas galten die Roma in Ungarn über Jahrhunderte als gesellschaftlich gut angesehen.

Spätestens ab dem 19. Jahrhundert wurden Roma diskriminiert, verfolgt und zwangsumgesiedelt. Während der deutschen Besetzung Ungarns im Zweiten Weltkrieg wurden zwischen Juli 1944 und März 1945 bis zu 30.000 Roma in nationalsozialistische Konzentrationslager deportiert, wobei nur 4.000 zurückkehrten. Ich erzählte Laszlo, dass ich auch schon beobachtet hätte, wie junge Roma von der Polizei schickaniert wurden und Beispielsweise an der Zugfahrt gehindert wurden. Auch wenn das Erlebnis schon viele Jahre her war, bestädigte er den Vorfall und fügte hinzu, das es heute sogar wieder schlimmer geworden ist.

Er fand auch unseren Tomash ganz toll und erzählte, dass seine heutige Tante und seine Vorfahren, die Kunst des Hell-Sehens und des War-Sagens beherrschen. Und alle hätten sie einen Kartäuser Kater gehabt, mit dem sie zum Teil auch geredet hätten. Kartäuser sind sehr intelligente Katzen, erzählte er mir. Da ich mehr über Tomash erfahren wollte, haben wir alle Daten ausgetauscht und wollten in Kontakt bleiben. Ich erzählte ihm noch, dass unser Tomash heilende Fähigkeiten hat. Ich dachte erst er lacht mich aus, aber keineswegs, er wusste das es so etwas gibt, wollte nun aber schnell zum Auftrittsort. Er trank dann noch zwei große Gläser Rotwein, um etwas lockerer zu werden und hat sich dann von mir nach unten in die „Wondercat-Bar" bringen lassen.

Was da abging, hätten wir nie zu glauben gewagt, denn die Hütte hätte dreimal verkauft werden können, soviel Leute standen da noch draußen und wollten rein.

Wir sind dann zum Kücheneingang gefahren, wo uns Gabor hineinließ und gleich noch ein junges Mädchen mit einer Violine vorbei schleuste, die unbedingt dem Teufelsgeiger vorspielen wollte. Der das eigentlich zuerst nicht wollte, aber nach ein paar angespielten Songs, so begeistert war, dass er sie spontan gegen Ende mit auf die Bühne geholt hat. Sie spielten dann ungarische Volkslieder, die Einheimische zum Mitsingen animierten und die Touristen zum Träumen brachten. Ganz zum Ende hin standen wieder alle auf der Bühne,

die junge Studenten Folk-Band genauso
wie der Teufelsgeiger und Simona, denn
so hieß das Ungarische Violinen Talent.

Als Gabor und ich zum Feierabend die
Abrechnung gemacht haben und
feststellten, dass es ein lohnendes
Geschäft war, haben wir beschlossen,
das nächste Mal Laszlo den Teufelsgeiger
sogar mit Band auftreten zu lassen, Wir
machten auch gleich zwei Termine fest,
damit wir beruhigt in das Jahr 2012
schauen konnten. Allerdings muss uns

was für die Zukunft einfallen, denn wir wollen nicht, dass Menschen enttäuscht nach Hause gehen, weil sie nicht mehr eingelassen wurden. Open-Air würde am Standort nicht gehen, das hatte Gabor schon einmal versucht, denn da müsste die Gemeinde die Hauptstraße sperren und das ginge, selbst aus unserer Sicht nicht.

Am Samstag hat Gabor meinen Dienst übernommen, somit stand unserem Besuch bei Judith im Tierheim, nichts mehr im Weg.

## ZWEITES KAPITEL

Obwohl mir die vielen Autos hätten auffallen müssen, die an dem Csardas-Restaurant, in Richtung unserem zu Hause, gefahren sind, habe ich mir keine Gedanken darübergemacht.

Als ich in unsere Straße bog, stand das Ars.... von Klaus an der Ecke und bejubelte und beklatschte mich. Ich hatte keine Ahnung was da abging. Ich musste mir meinen Weg sogar frei Hupen, damit ich in unsere Einfahrt fahren konnte. Als ich ausstieg, merkte ich, dass die Leute, es waren ungefähr 100, nichts Böses im Schilde führten. Aber sie bejubelten nicht mich, warum auch, ich wüsste jedenfalls nicht warum. Nein, sie wollten Tomash sehen und sangen, vor dem Zaun stehend: Wir wollen den Tomash sehn, wir wollen den Tomash sehn, Wir wollen den To To To Tomash sehn. Da es ja mittlerweile nachts um halb eins war, wollte ich die Leute beruhigen. Das ging aber nicht und bin dann erst einmal ins Haus, wo Susi und unsere Nachbarn Janosch und Susza auf mich warteten.

Susi fragte dann mit angehobener vorwurfsvoller Stimme:

„Na Schatz, hast du mir nichts zu sagen?",

„Nö, Aber kann mich bitte mal einer aufklären?" Fragte ich zurück.

Dann hat meine Frau mir erzählt, Judith hätte angerufen und irgendetwas von einem TV-Bericht erzählt. Da war auch mir alles klar:

„*Stimmt mein Schatz, das TV-Team hat Andrash aus unserem Mini-Boot-Verein organisiert.*"

Tomash war jetzt im ganzen Land bekannt. Leider hat dieses blöde Fernseh-Team auch in dem Bericht mit angegeben wo wir wohnen, was sich auf Facebook sofort verbreitet hat. Zusätzlich hat noch irgend so ein Volltrottel, auf einer Fan-Seite zu einer Party eingeladen und hat unsere Adresse dazu verwandt.

Tomash hat irgendwie verstanden, was hier bei uns abging und lief auf dem Hof, wie auf einem Catwalk hin und her. Ich konnte mich noch gut an das TV-Team erinnern. In einer Drehpause habe ich mit dem einen vom Team eine Zigarette geraucht und wir haben uns unterhalten, denn da habe ich, verquatscht wie ich nun mal war, dem Typ erzählt, dass Tomash nicht nur Mini-Boot fahren kann, sondern er auch heilende Kräfte besitzt und dass man sich bei ihm etwas wünschen kann. Das Ergebnis, steht hinter unserem Zaun. Ich bin dann mit Susi und unseren Nachbarn zum Zaun gegangen und wir haben die Menschen erst einmal beruhigen können. Ich hatte Tomash auf dem Arm und jeder durfte ihn mal streicheln. Gegen 2:00 Uhr lagen wir dann im Bett und ich habe zu meiner Susi gesagt: *„Was für ein Tag“*, darauf kam Susi unter meine Bettdecke gegrabbelt und hat gesagt: *„Der ist noch nicht zu Ende Schatz“*

Am nächsten Morgen sagte Susi zu mir, Sie hätte Judith abgesagt und das wir erst am Sonntag kommen, was sie verstanden hätte. In Anbetracht der neuen Situation, durch das TV-Team verursacht, mussten wir erst einmal sehen, wie das jetzt weitergeht.

Am Samstagmorgen, bin ich ganz vorsichtig zum Hintereingang raus und habe durch die dichte Lebensbaumhecke geschaut, ob schon wieder neugierige Leute da waren um den kleinen Tomash zu sehen. Ich drückte ganz vorsichtig einen Ast beiseite und sah, erst einmal nichts. Ich bin dann auf die Straße, da war auch keiner, aber ich habe etwas viel Schlimmeres gesehen. Müll ohne Ende.

Es sah aus, wie nach einer riesigen Party, wo es keine Tische gab und jeder einfach alles fallen gelassen hat, so wie er es gerade los werden wollte. Ganze drei Stunden hat es gedauert, bis ich alles wieder ansehnlich gemacht hatte. Da ich natürlich auch die Einfahrten, rechts und links von unseren Nachbarn mit saubermachen musste, kamen zehn große blaue, mit Unrat gefüllte Säcke, zusammen. Selbst von Janosch und Susza, die ihren Teil selbst saubergemacht haben, kam ein ganzer Sack dazu.

Ich holte meinen Anhänger, hängte ihn an das Auto und brachte die Säcke gleich zum Müll. Ich find es eigentlich nicht so gut, wenn der Müll nicht getrennt wird, aber jetzt war ich ganz froh, dass die Ungarn, die Mülltrennung noch nicht eingeführt haben.

Als ich gegen halb elf zurück war, stand schon wieder ein fremdes Auto bei uns vor der Einfahrt. Es war ein TV-Team vom Österreichischen Privatfernsehen. Es waren drei Herren, die gerade dabei waren mit Susi Verhandlungen zu führen. Ich konnte ihre Enttäuschung sehen, weil ich erschienen bin und mein erster Satz war auch kein freundlicher Guten Tag Gruß, Nein, denn als erstes musste ich die Herren bitten, ihr Auto, aus der Toreinfahrt zu nehmen.

Sie glaubten wohl mit ihrem Wiener Schmäh meine Frau hinters Licht führen zu können.

Ich fragte erst einmal wer der Teamleiter war und habe mich dann mit ihm in eine Ecke verkrümelt. Der wollte doch tatsächlich ohne einen Obolus dafür zu zahlen, einen 30 Minütigen Beitrag zusammenstellen, und das mit Mir, mit Susi und mit Tomash. Daraufhin machte ich ihm klar, dass wir noch eine Fellnase haben und er auch zur Familie gehört. Dann kam der Gipfel, denn er sagte:

*„Wissens, jetzt haben wir uns ganz schön aus dem Fenster gelehnt, sie bekommen einen Exklusivvertrag von uns, und sie sind alle Sorgen mit aufdringlichen TV-Teams los. Dafür machen sie uns jetzt*

*einen Kaffee und wir spendieren noch eine Flasche Schampus dazu"*. Ich sagte dann:

„Noch mal ganz langsam, verstehe ich das richtig? Ich bekomme die Summe XXX von Ihnen und nur sie dürfen dafür über uns und unseren Tomash berichten. Kein anderes TV-Team darf legale Beiträge über uns ausstrahlen.? Fragte ich. Susi nickte und wollte mir signalisieren, dass ich dem Zustimmen soll. Ich forderte meine Frau auf mit mir in die Küche mitzukommen.

Meine Frau fragte, „Was ist los?, was hast du, das ist doch ok was die anbieten"

„Überleg doch mal, wir verschenken Geld ohne Ende. Bis jetzt waren nur die Österreicher von Kanal-3 da, was ist, wenn die anderen auch noch kommen?"

„Wer soll denn da noch kommen" Fragte Susi.

*„Na zum Beispiel hat bis jetzt nur ein TV-Sender aus Budapest den einen am Balaton gedrehten Kurzfilm ausgestrahlt.*

*Die waren auch noch nicht hier und wenn die Deutschen Sender erst Wind davon bekommen, was meinst du was hier los ist. Die stehen Schlange und überhäufen uns mit Anfragen."* Sagte ich im Flüsterton zu Susi, denn die da im Wohnzimmer sollten davon nichts mitbekommen.

„Ok, ziehen wir das durch, ich steh hinter dir Schatz." sagte meine Frau zu mir und küsste mich ganz laut auf die Haarlose Stirn.

Wir gingen dann wieder ins Wohnzimmer um mit dem Österreichischem TV-Team von Kanal-3 anzustoßen. Sie freuten sich und fragten:*„Also machen wir den Deal so wie ich ihnen erzählt habe?"*

*„Nein, lassen sie uns aber anstoßen, auf*

*einen schönen Bericht, aber nicht zu den exklusiven Bedingungen, wie sie uns auf Diktieren wollten.* Sie dürfen hier überall drehen uns interviewen und sie dürfen auch alles wieder so hinstellen, was vorher, den Kameras im Wege stand."

Einer aus dem Team hat sich bei meiner Erklärung so doll verschluckt, ihm kam der mitgebrachte Billig-Sekt, direkt aus der Nase wieder raus.

Die drei Österreicher von Kabel-3 machten auch ihre Aufnahmen. Sie waren überall, im Haus, im Schuppen, im Garten und mit mir und Tomash am Balaton um zu sehen wie Tomash Fischkutter fahren kann. Sie wurden auch wieder lockerer. Ich vermute mal, dass sie eher sauer auf sich waren, weil sie ihr Ziel nicht erreicht haben. Noch mehr vermute ich, ihre versuchte Sparsamkeit, wollten sie nicht dem Sender zugutekommen lassen, ich denke, sie hätten so abgerechnet, dass für die drei einfach mehr übriggeblieben wäre. Noch am selben Samstagabend haben sich zwei andere TV-Teams, auf unserem Anrufbeantworter und per Fax gemeldet.

Susi, meine Frau, sagte so aus Quatsch dahin:

*„Da kann ich bald gar nicht mehr arbeiten gehen, wenn du mit Tomash immer unterwegs bist, habe ich hier mit der gesamten Organisation zu tun."*

Ich sagte: *„Warten wir es erst einmal ab, wir dürfen es, schon wegen dem Tomash, nicht übertreiben. Ich würde sagen, ich frage Alexander, ob er meine Anteile an der Wondercat-Bar haben möchte, dann hätte ich zwei ein halb Tage Zeit für TV, Radio, Besuche in Alten und Pflegeheime sowie in Krankenhäuser und Hospize."*

Am Sonntag haben wir wirklich den Ausflug zum Tierheim gemacht. Wir haben sogar Max und Tomash mitgenommen, denn so ganz haben wir dem Frieden nicht getraut. Wir sind noch kurz an der Wondercat-Bar bzw. am Csardas Restaurant vorbeigefahren und haben Gabor schon mal erzählt, was wir so vorhaben. Er hatte nichts dagegen, denn allein schon die Zusammenarbeit funktionierte mit Alex sehr gut. Gabor kam aber noch mit einem ganz anderen Vorschlag. Er sagte, dass er auch nicht mehr der jüngste sei und er sich auch gern wieder aus der Wondercat-Bar zurückziehen würde. Er wollte seinem Sohn und seiner Schwiegertochter seine Anteile schon mal als kleines Erbe vorn weggeben. Ich sagte ihm, dass ich nichts dagegen hätte, wir müssen die beiden nur mal fragen ob sie sich das alleine vorstellen könnten. Gabor sagte dann noch: *„Ich behalte doch das Csardas, ich kann immer mal vorbeischauen und aufpassen, was das junge Gemüse so treibt."*

Wir sind dann weitergefahren, haben unterwegs noch einen Strauß Blumen für Judith besorgt und eine Flasche Bourbon für barbara gekauft.

Als wir ankamen, roch es schon nach gegrilltem Fleisch, aber so früh? Eigentlich hatten wir mit Kuchen und Kaffee gerechnet. Wir wurden wieder herzlich empfangen. Es stellte sich heraus das im Tierheim Sommerfest gefeiert wurde. Babsi hatte zwei große Tischgrills aufgebaut und wollte, immer wenn ein gast Hunger hatte, den Fisch a la carte grillen. Hatte sie recht, kann man machen, denn Fisch braucht ja nicht lange. Judith hat uns erst einmal überall herumgeführt. Wir haben nichts wiedererkannt. Die schwer erziehbaren Jugendlichen haben super Beschäftigung in ein gemeinsames ziel verwandelt, die Welt wieder etwas angenehmer und schöner zu machen.

Max und Tomash haben wir in das Nigel Nagel Neue Katzen-Paradies gebracht. In der Zeit, wo wir Erwachsene zutun hatten, waren die beiden gut untergebracht. Sie tollten, schmusten und spielten mit den anderen fremden

Katzen, gerade so, als wären sie hier aufgewachsen.

Das Sommerfest sollte Nachmittag erst so richtig losgehen, was gut war, denn wir hatten uns noch eine Menge zu erzählen. Ich wollte wissen wie das mit der Stiftung läuft, weil mir schwirrte so ein Stiftungs-Gedanke auch im Kopf herum. Judith erzählte mir erst einmal, was eine Stiftung überhaupt ist.

*„Eine Stiftung ist eine Einrichtung, die mit Hilfe eines Vermögens einen vom Stifter festgelegten Zweck verfolgt".* Sagte Judith.

*„Genau, so etwas suche ich"* sagte ich zu ihr. *„Wir werden jetzt durch TV, Radio, Interviews und Fotosessions für die ganzen Magazine, so viel Geld einnehmen, dass wir davon eine Stiftung gründen, die mir dann meine Reisekosten und die zusätzlichen entstehenden Kosten bezahlt"* sagte ich weiter.

*„Du brauchst dann aber auch Spenden, denn irgendwann ist das Geld durch die medialen Einnahmen alle."* Gab Judith zu bedenken.

*„Ich will doch keinen Gewinn machen, aber Geld für den ganzen aufwand will ich auch nicht bezahlen".* Sagte ich. Judith empfahl mir aber noch einen Termin bei einem Rechtsanwalt, denn man muss bei einer Stiftung, eine ganze Menge beachten.

Susi hatte sich inzwischen abgeseilt und hat das Tierheim alleine erkundet, sie war der Meinung, entweder schauen wir uns das schöne neue Heim an, oder wir diskutieren über Kohle. Nach einer Stunde hatten wir unsere große Runde, beendet und ich holte erst einmal vier Kaffee. Plötzlich rief ein älterer Herr „Bitte fünf Kaffee, ich möchte auch einen." Ich drehte mich um und glaubte nicht, was meine Augen sahen, denn da stand ein älterer gepflegter Mann mit weißem langen Bart, in Jeans Latzhose und einem gelben Tierheim T-Shirt vor mir, der sich Jakob nennt und früher der „König der Katzen von Siofok" gerufen wurde. Damals war er heruntergekommen und Obdachlos, bis sich zuerst Gabor aus dem Csardasrestaurant um ihn gekümmert hat. Und weil er da nicht bleiben konnte, weil er ihn im Winter nicht bezahlen konnte, hat sich Judith und Babsi ihm angenommen. Wir fielen uns um den Hals und heulten erst einmal eine Runde.

Der König Der Katzen Von Siofok (Jacob)

Er erzählte, er hat jetzt hier eine Wohnung, wacht über Nacht ein wenig und ist sonst Hausmeister für die ganzkleinen Dinge. Auch seine Katzen hat er mitbringen dürfen. Die leben jetzt im „Katzenparadies", da wo Tomash und Max gerade spielen.

Der Tag verging wie im Fluge, langsam füllte sich die Fläche vor dem Tierheim, mit Menschen, die vor der kostengünstigen Renovierung nie gekommen wären, weil der desolate zustand alles andere als Einladend war.

Wir sind dann wieder nach Hause gefahren, wo es auf den ersten Blick ruhig aussah. Aber der Postkasten quoll über, das Fax Papier war alle und der Telefon-Anrufbeantworter war auch voll. Wir sahen uns die ganzen Sachen nicht mehr an, denn wir und auch Max und Tomash waren müde.

Susi hat sich, entgegen ihren Prinzipien, für eine Woche krankschreiben lassen. Sie hat die ganzen anfragen, erst einmal sortiert. Wie bei Aschenputtel. Die guten in eine Mappe und die schlechten, nach dem ich gelacht habe in den Kamin, beziehungsweise in den Kohlen-Herd, den wir aus Nostalgie in die Küche mit integriert haben lassen. Die guten Anfragen waren in der Mehrheit, die jetzt aber auch noch mal sortiert werden mussten, denn Quer durch vier Länder zu reisen, machte auch keinen Sinn, denn Anfragen kamen aus: Ungarn, Deutschland, Österreich und der Schweiz.

Inge hat dann telefoniert, verhandelt und organisiert.

Im August hat sie nur Termine vergeben, die hier zu Hause bei uns erledigt werden können. Das waren ein Ungarischer TV-Sender, ein German TV-Sender Sat4 und diverse Fotosessions für verschiedene Hochglanz Magazine aus Deutschland, Österreich und Ungarn.

Am zweiten Augustwochenende hatten wir das erste Problem, denn am Freitag wollten ja Billy und Gabi mit dem Flugzeug kommen, und ich wollte sie eigentlich, vom neu gebauten Flughafen bei Siofok abholen. Etwa zur selben Zeit kam ein ZDF Team und wollte einen Beitrag für das Morgenmagazin produzieren. Susi hat dann gesagt, dass sie die Beiden abholen fährt. Ich fand es schade, aber es ging nicht anders. Ich wollte mir den neuen Flughafen ansehen, weil ich im September nach Susis Plan zu zwei Talkshows und einem TV-Sender von Siofok nach Köln fliegen sollte.

Der Freitag kam, der Tag begann recht ruhig, bis das ZDF-Team auftauchte und ich das Gefühl hatte, sie wollen mein Haus neu einrichten. Die Pflanzen mussten weg, die Couch stand jetzt nicht mehr links, sie stand jetzt rechts und sogar die Hängelampen wurden gegen an der Decke befestigte Strahler ausgetauscht. Was mich ja erstaunte, es waren nicht nur drei Leute wie vom Österreichischem Sender Kanal-3, nein, es waren zwölf Leute. Zwei, die alles aus und ein räumten, zwei die eine Kamera trugen, zwei die mit langen Mikrofonen herumrannten, eine die ein Buch in der Hand hielt, zwei die sich um meine Falten kümmerten, zwei die an den Lampen umherbogen und irgendwelche Spiegel ins Licht hielten und einer, der wie ein Künstler aussah und bestimmt der Chef war. Die zwei hübschen jungen Damen, die sich um meine Falten kümmerten und jetzt den Tomash kämmen wollten, hatten jetzt Schrammen auf ihren künstlichen Nägeln. Innerlich habe ich heftigst gelacht, aber äußerlich habe ich mein bedauerndes Gesicht aufgesetzt.

Ich saß gerade in meinem Schminkstuhl, wo mir die Augenbrauen gekürzt wurden und ich ein lautes:

„Was ist denn hier los" hörte.

Es war die Stimme von Billy, die mir so vertraut vorkam und die ich sofort wiedererkannt habe. Ich durfte dann kurz aus dem Schminkstuhl aufstehen und meinen früheren Freund und Kollegen begrüßen gehen. Seine Frau, die Gabi, hatte sich schon um Max und Tomash gekümmert. Tomash saß sogar schon auf ihrem Arm und schnurrte. Susi hat die beiden dann erst einmal in ihr Quartier gebracht, weil ich ja noch eine Stunde zu tun hatte.

Der Boss vom Sat-4 Team, hatte bei ca. 30°C immer noch so ein aus Windel Stoff gefertigt und Hellblau eingefärbtes Tuch um den Hals und zur Krönung ein Rotes Baskenhütchen auf. Er schwitzte, dass konnte man sehen, aber die Eitelkeit lief ihm aus allen Poren, seines künstlerischen Körpers.

Angesprochen darauf, sagte er:

*„Das brauche ich, das ist inspirierend für mich"*

Ich habe ihn nicht verstanden, aber ganz ehrlich, es war mir auch egal. Man machte mit mir, Tomash saß neben mir, ein fingiertes Interview. Jemand laß eine frage vor und ich musste die Frage beantworten. Das wurde dann so zusammengeschnitten, dass es am Montag früh, im Sat-4-Frühstücks TV, wie ein flüssiges gutes Interview aussieht. Haben sie erzählt und wenn ich es nicht glauben würde, kann ich es mir ja am Montag ansehen. Sagte einer der Kameraleute.

Ich war gerade mit dem TV Team fertig, da kam auch schon Susi mit unseren Freunden zurück. Billy fragte, ob es heute das einzige Interview ist,

„Ja wir haben jetzt Zeit für Euch. Ich habe Hunger, wollen wir nicht zu unserem Freund ein Happen essen gehen?

Als Billy so vor mir ging, habe ich festgestellt, er ist auch nicht mehr einer von dend jüngsten, leichten Wellen am Bauch waren auch schon zu erkennen und seine Haare, die ja nie ganz vollständig waren, haben ihn, seit wir uns das letzte mal gesehen hatten, auch wieder in größerer Anzahl verlassen. Als ich das so zu Susi sagte, stupste sie mich an und sagte: „Hast du schon mal in den

Spiegel geschaut" Bomm, dass hatte gesessen, aber ich muss gestehen sie hatte verdammt recht. Wir sind in die Jahre gekommen.

Damals, und das ist jetzt auch schon wieder zehn Jahre her, da standen wir noch voll unter Dampf, mussten unsere Zahlen bringen und bekamen oft Druck von der Firmenleitung.

Plötzlich stoppte unsere kleine Wandergruppe, denn zwei ungarische Großmütter, die in alter Tradition bunte Kopftücher trugen und wahrscheinlich gerade aus der Kirche kamen, stoppten uns. Sie zeigten auf Tomash, der uns natürlich begleitet hat. Eine von den Beiden, konnte ein wenig Deutsch und ich mit meinem noch schlechten Ungarisch, habe aber verstanden, was sie wollten, denn sie zeigten immer wieder auf Tomash. Gabi schaute ein wenig skeptisch, weil sie das Ritual bisher nur vom Hören-Sagen kannte. Ich nahm Tomash auf den Arm und die beiden alten Damen, flüsterten nacheinander ihre Wünsche in Tomashs Ohren.

Billy zeigte auf die katholische Kirche, die gegenüber der Hauptstraße zu sehen war und wo gerade ganz viel in schwarz gekleidete Herren mit ihren mit bunten Tüchern eingehüllten Frauen aus der Kirche kamen. *„Die beiden Alten Damen kamen bestimmt aus der Kirche."* Sagte Billy.

Als wir im Csardas-Restaurant von Gabor angekommen waren gab es gleich eine Überraschung, denn Tomash, der siegessicher seinen altbekannten Weg zum Restaurant ging, stand plötzlich vor seines Gleichen, miaute und bewegte sich kein Stück weiter. Gabor kam dazu und sagte:

*„Na da staunt ihr was, erkennt ihr ihn wieder? Ja ja schaut nur hin, er ist es.“*

*„Du willst doch nicht etwa sagen, das dies der Bruder von Tomash ist“* fragte ich.

*„Doch doch, der alte Jacob, der jetzt im Tierheim lebt, hat gefragt, ob ich ihn nicht*

*nehmen will, weil er seine Freiheiten braucht und diese im Tierheim nicht gewährleistet werden konnten"* erzählte Gabor.

Ich fragte dann ganz besorgt: *„Und was sagt deine Frau dazu, die glaubt doch an Unheil, wenn du ihn mit nach Hause bringst."*

Er antwortete typisch ungarisch, also auf Macho Art: *„Die weiß davon Garnichts, braucht sie auch nicht, er bleibt hier im Restaurant, da geht's im Gut und an Futter mangelt es hier ja auch nicht."*

Das klang plausible. Susi hat dann erst einmal unsere Gäste vorgestellt. Gabor war begeistert, zwei Essen mehr und Getränke dazu. Ich weiß es nicht genau, aber ich habe kleine Dollarzeichen in seinen Augen gesehen.

Tomash und sein Brüderchen, also Zandro, haben sich nach anfänglichen Schwierigkeiten, doch wiedererkannt. Wieso auch nicht, sind doch keine Menschen, die schon mal für längere Zeiten doof tun. Dachte ich.

Beim gemeinsamen aus dem Fenstersehen, sind sie eingeschlafen.

Gabor hatte in seiner Küche einen kleinen Fensterplatz für Zandro eingerichtet, und siehe da, Tomash passt auch noch auf die Decke.

Für uns hatte Gabor wieder den Tisch am Rande der überdachten Freifläche, damit sich Tomash wieder zu uns legen konnte. Billy erzählte zuerst von den Problemen in seiner Firma. Also nicht in seiner, sondern in der er Angestellter war. Er ist auch im Vertrieb tätig, nicht im Natursteinbereich, sondern ist mit dem Vertrieb von Printmedien beschäftigt. Das heißt, er ist in einem Teil Deutschland dafür verantwortlich, dass die Zeitung des Vertrauens all morgentlich, pünktlich beim Händler liegt. Na ja und wie soll es auch anders sein, der Markt wird nicht größer, also werden die Haie im Becken der Verlage gut gefüttert und da gibt man im Kampf um die Leserschaft, als Vertriebsmitarbeiter ein gutes Ziel ab.

Susi konnte gar nicht richtig folgen, denn andauernd kamen Anfragen für Tomash. Zunehmend sogar mehr von Privatpersonen und Alten- und Pflegeheimen, so wie von den in Ungarn verbreiteten Rentnerresidenzen, wo Rentner aus den reichen Industrieländern, wie Deutschland und Österreich, auf ihr Ende in Respektvollem Ambiente warten können. Für das gleiche Geld würden sie sich zu Hause nicht dieses Niveau halten können.

Billy hingegen hatte den Druck leid und würde lieber heute als Morgen, den Arbeitgeber wechseln. Konnten wir alle gut nachvollziehen. Gabi war irgendwie sehr ruhig, ich machte mir ein wenig Sorgen. Sie wollte wissen was unser Tomash eigentlich kann, denn sie hätte nur bruchstückhaft etwas davon mitbekommen. Tomaso, der Sohn von Gabor, brachte inzwischen den leckeren gemischten Salat und Gabor kam mit einer Runde seiner ungarischen Spezialität, Palinka zum Tisch und fragte: „Meine Freunde, wo ist die Gute Laune, lasst uns trinken auf Gesundheit von Familie und Freunden."

Mir fiel auf, das Gabi nur an ihrem Glas nippte und den Salat kaum gegessen hatte. Ich erzählte von Tomash, wie wir ihn kennengelernt hatten. Just in dem Moment legte er sich auch mit seinem kleineren Brüderchen auf die kleine Mauer der Biergartenumzäunung, wo beide uns gut beobachten konnten. Gabi sagte: *„Erzähl doch mal weiter von Tomash."*
*„Ach ja, also Tomash hat heilende Kräfte, die er durch Nähe und Wärme abgeben kann. Was die Leute nicht verstehen, dass es keine einhundertprozentige Garantie für Heilung gibt, der kranke Mensch muss selber an sich und auch an den kleinen Tomash glauben. Die Menschen glauben immer mehr daran, dass wenn sie uns einladen, plötzlich wieder gehen können, besser sehen und*

*auch besser hören können.* Erzählte ich weiter und nahm erst einmal einen großen Schluck vom frischen gut gekühlten Radler. Fuhr dann aber fort:

*„Wir geben nächste Woche eine große Pressekonferenz um einmal aufzuzeigen, dass wir nicht Gott sind, die Wirkung die von Tomash ausgeht, nur bei echten Krankheiten hilft und nicht wie viele glauben, auch bei ganz normalen Alterserscheinungen."*

Die beiden hörten sich das an und waren danach ganz still. Nach dem wir unseren Zander aufgegessen hatten, sind wir wieder nach Hause gelaufen. Es war ja noch früh am Abend, da habe ich den Vorschlag gemacht, dass ich Billy meinen Mini-Kutter unten am Strand zeige und Susi mit Gabi sich einen schönen Abend auf der Terrasse machen. Unsere beiden Frauen waren einverstanden und Billy sprang die Begeisterung förmlich aus den Augen. Wir luden den Kutter und Tomash ein, der sich gleich in sein Boot legte, was soviel bedeutet, dass es für ihn kein Stress ist, wie schon einige Tierschützer in Deutschland geschrieben haben, ohne Tomash gesehen zu haben. Sie holten ihre Erkenntnis aus dem allerersten ungarischen TV-Beitrag, den sie an ein nachrichten-Kanal in Deutschland verkauft haben. Vorher fuhren wir aber noch an die Tankstelle um ein Six-Pack kaltes Bier zu kaufen. Als dann Tomash endlich an Bord war und er auf dem stillen Ballaton, einige Runden, zur Belustigung der noch übrig gebliebenen Badegäste drehte, habe ich Billy gefragt:

*„Sag mal mein Freund, was ist los, irgendetwas stimmt doch mit Gabi nicht, also raus damit, was ist los?"* Er war erst ganz ruhig, als müsse er die richtigen Worte finden, aber sagte dann mit wenigen Worten, den schlimmen Satz: *„Gabi hat eine schmerzende Gürtelrose"* ihm fiel es sichtlich schwer das zu sagen, denn ihm stand das Wasser in den Augen, genau so hoch wie das Wasser vom Balaton, in dem wir unsere Füße kühlten. Er fand dann ziemlich schnell wieder zu sich und sagte:

*„komm lass uns lieber hoch zu euch fahren, ich will doch lieber bei Gabi sein."* Als wir ankamen, herrschte bei uns zu

Hause genauso eine unangenehme Stille, wie eben bei mir im Auto mit Billy. Billy und Gabi haben sich kurz verständigt, damit klar war, wer wem was gesagt hat.

Beide sagten dann, sie können auch nur eine Woche bleiben, weil am Montag in der letzten Augustwoche, die Behandlung im Krankenhaus, beginnen soll. Susi machte den Vorschlag, dass sie Tomash in der Nacht mit ins Bett nehmen soll und ihn auch am Tage oft zum Streicheln hochnehmen kann. Wir sagten ihr aber auch noch einmal, dass es nur eine unterstützende Maßnahme ist und dass sie daraus Kraftschöpfen muss, damit der Körper die Schulmedizin besser annehmen kann. Ich hatte die Woche Urlaub genommen, um den beiden auch ein wenig von Ungarn zu zeigen. Sie wollten auch nicht nur Trübsal blasen, sie wollten trotz Gabis Erkrankung, soviel sehen, wie es nur ging.

Freitag war der Termin für die große Pressekonferenz, Samstag kam schon wieder ein TV-Sender aus Österreich. Blieb also nur Montag bis Mittwoch, denn Donnerstag mussten wir die Pressekonferenz vorbereiten. Wir haben auch Susza und Janosch gebeten, wenn wir montags bis Mittwoch am Tage nicht da sind, die Tagestouristen abzufangen und sie mit Tomash zu vereinen, damit sie sich ihre Wünsche entledigen können. Das haben die beiden schon des Öfteren gemacht und sie machten das auch gern.

Wir haben dann auch so gut wie nicht mehr über Gabis Erkrankung geredet, im Gegenteil, ich glaub, die Abwechselung tat ihr sogar gut. Sonntagabend haben wir dann erst einmal für Montag geplant. Das war schnell erledigt, denn die Beiden wollten unbedingt die Puszta erleben und da vor allem, die weit über Ungarns Grenzen hinaus bekannten Pferdevorführungen sehen. Susi hat erst mal wieder, aber dieses Mal schon am Sonntagabend bei einem Glas Rotwein, in ihrem allwissenden Touristen Lexikon geblättert und auch daraus vorgelesen. Susi hat uns gebeten, dass wir uns zurücklehnen, denn es geht los.

„Kaum einer kennt sie wirklich, aber viele haben von ihr gehört, die Puszta, immer zusammen genannt, mit Paprika, Csarda und Csikos. Um diese Begriffe wirklich verstehen zu können, muß man dieses Land, oder sagen wir mal Landstrich, lieben und schätzen gelernt haben. In der Tiefebene, wo die größte mit Steppengras bedeckte Puszta, die größten alkalihaltigen Sümpfe und Seen Europas solche Schätze verbergen, die anderswo nicht zu finden sind. Wo der Csikós zum Vergnügen der Besucher bravouröse Reiterkunststücke vorführt, aber mit den Tieren genauso gut umzugehen weiß wie einst seine Vorfahren. Wo die Holzschnitzereien der Hirten heute Museumsexponate sind, aber wer sich die Zeit nimmt, kann die modernen Nachkommen der ehemaligen Meister treffen. Wo die Gäste in der Csárda den modernen Ansprüchen entsprechend vorzüglich bewirtet werden, während Wände und Einrichtung des Gebäudes von der Vergangenheit erzählen."

Susi machte eine kurze Pause, um sich den Mund anzufeuchten.

Gabi hat der Tag so geschafft, sie war schon im Liegestuhl eingeschlafen. Susi begann aber trotzdem wieder zu lesen:

*„Die Zeit scheint hier stehen geblieben zu sein. Malerische Dörfchen, die zauberhaft-raue Puszta, deren hölzerne Ziehbrunnen künden vom Lebensgefühl und den Traditionen vieler Jahrhunderte.*

*Vieles im Nordosten Ungarns mutet fast märchenhaft an. Naturerlebnis pur, sanfter Öko-Tourismus und das Besinnen auf alte Traditionen und Stärken – das sind die Ingredienzien, mit denen, die in rund zwei Autostunden östlich von Budapest gelegene Region beim umworbenen Urlauber punkten will – und punkten kann. Richtig ist hier (in der größten zusammenhängenden Grassteppe Europas), wer die Stille der Natur und das erhabene Gefühl einer unendlichen Weiten Landschaft sucht, die das ganze Gegenteil von langweilig und eintönig ist, nämlich vielfältig und einzigartig. Im Nationalpark Hortobágy, dem mit 82 000 Hektar größten Nationalpark Ungarns, wurden schon mehr als 340 der insgesamt rund 500 in Europa heimischen Vogelarten gesichtet. Das Gründungsgebiet des seit 1973 bestehenden Areals um die namens gebende Kleinstadt Hortobágy ist ein Bioreservat, dem die UNESCO 1999 als hervorragendes Beispiel für die Koexistenz zwischen Mensch und Natur den Titel <<Teil des Weltkulturerbes>> verlieh"*

Wie war das, was habe ich gehört, Hortobagy hast du gesagt? Fragte ich Susi. „Das war doch der Ort wo Laszlo lebt, du weißt schon, der Teufelsgeiger mit der Wahr-Sagenden und Hell-Sehenden Tante mit den Kartäusern. Ich habe dann das Telefon geholt und mit Laszlo telefoniert. Er war überrascht so schnell von mir zu hören und wollte wissen was es so dringendes gibt, weil er wie er sagte, so etwas Sorgenvolles in meiner Stimme zu hören glaubte. Ich erzählte ihm von meinem Besuch und das wir in die Puszta wollen und wenn wir gerade mal in seiner Nähe sind, können wir uns doch auch gleich mal treffen. Laszlo fand das Super, zumal an diesem Montag eine Art großes Familienfest stattfinden würde und wir dazu recht Herzlich eingeladen sind. Sagte Laszlo. Er bot sogar an, bei ihm und seiner Familie zu übernachten.

Ich ging zur Sitzecke und erzählte vom Gespräch mit Laszlo. Alle fanden es prima. Ich machte schon mal im Kopf einen Überschlag um festzustellen, wann wir morgen früh losfahren müssen. Währenddessen Susi und Gabi nur beschäftigte, was sie morgen bei dem Fest anziehen werden. *„Ach so, habe ich fast vergessen, wir sollen den Tomash mitbringen, weil Laszlos Tante schauen will, ob er aus der Reihe, der Kartäuser gehört, die ganz besondere Fähigkeiten haben".* Sagte ich noch zu Susi. Ihre Antwort war: „Schatz lieber die blauen oder die roten Pomps?" Ich sagte nur „hast du nicht mehr die gelben Gummistiefel?

Weil unser Navigationsgerät aussagte, dass wir ungefähr drei Stunden unterwegs sein würden, sind wir um 05:00 Uhr aufgestanden und um 06:00 Uhr in Richtung Puszta zum Nationalpark „Hortobagy" losgefahren. Gabi hatte wie es aussah auch einen guten Tag, hat auch ihre Medizin, die ihr bis zur Krankenhaustherapie verschrieben wurde, ordnungsgemäß eingenommen, so dass unserer Reise nichts mehr im Weg stand. Sie wollte auch gar nicht aufstehen, denn der kleine Tomash hat sich bei ihr so richtig fest eingekringelt, dass sich beide in der wärmenden Energie richtig wohl fühlten. Tomash haben sie auf ein weiches Kissen gebettet und wie es aussah fühlte er sich zwischen Susi und Gabi Richtig wohl. Sein Katzengrinsen sagte alles.

Unsere Reise begann in Zamardi, ging über Siofok >>> an Budapest vorbei >>>nach Getterle >>>nach Hatvan >>> nach Karacsond >>> nach Mezötarcany >>> nach Tiszafüred >>> bis zum Ort Hortobagy. Die ganze Reise war so flach, das wir dachten, die Welt ist doch eine Scheibe, zum Schluss sah man entweder Wasserflächen oder Steppengras.   Als wir angekommen waren, musste Tomash erst einmal etwas wegbringen und verbuddeln. Danach waren wir drann, weil es hier im Niemandsland auch keine öffentlichen Toiletten gab haben wir es dem Tomash nachmachen müssen, nur verbuddeld haben wir es nicht.

Dann haben wir auf einer Sehenswürdigkeit gestanden, und merkten es nicht einmal. Wir standen auf der Neun-Bogen-Brücke.

Dafür bemerkten uns anderer Touristen aus Budapest, die Tomash und mich erkannt haben. Sie hatten die Bootfahrgelüste von Tomash im TV gesehen und mich kannten sie von Fotos und einem Bericht in einer bunten ungarischen Illustrierten. Da Susi an alles denkt, konnten wir sogar Autogrammkarten verteilen.

Als nächstes schauten wir uns das Paztormuzeum an. Das Museum ist für alle genau richtig, die wenig Geduld für stundenlanges Gucken haben. Es ist klein und bietet trotzdem viel Informationen zu der alten Lebensweise in der Puszta. Zurecht ist der Nationalpark UNESCO Welterbe. Jeder Gulyás (sprich: Guijaasch) war ein stolzer Mann und der Beruf des Hirten sehr angesehen. Das Museum ist sehr anschaulich und auch für Kinder geeignet.

Anschließend sind wir noch ein wenig in Hortobagy herumgelaufen und haben die kleine Stadt kennengelernt. Wir erfuhren:

>>>zitat: **www.ungarn-urlaub.at** >>>

*Hortobágy ist eine kleine Gemeinde im ungarischen Komitat Hajdú-Bihar. Sie befindet sich rund 36 Kilometer westlich von Debrecen und ist am besten über die Fernstraße 33 zu erreichen. Obwohl die Gemeinde nur eine Fläche von unter 4 Quadratkilometern hat und nur 1667 Einwohner dort leben, ist Hortobágy nicht nur in Ungarn, sondern auch international bekannt.*

*Denn der Ort ist das Zentrum des berühmten Nationalpark Hortobágy und mitten in der ungarischen Puszta. Die Gemeinde besitzt einen Kindergarten, eine Grundschule und ein Internat. Natürlich gibt es auch Telefonleitungen,*

Internet und eine Wasserversorgung. Die Sehenswürdigkeiten sind trotz der bescheidenen Größe des Ortes beachtlich. Im Süden von Hortobágy kann man im Pusztazoo die Tiere der Steppe gemütlich betrachten. Die Csarda des Ortes hat bis heute überlebt. Gäste werden freundlich empfangen und können sich ein köstliches ungarisches Mahl bestellen, während man einen wunderschönen Ausblick auf die Neunbögige Brücke und die weite Ferne der Puszta hat. Ungarische Künstler werden in der Hortobágy Galerie und in der 1100-Jahres Ausstellung gezeigt. Nördlich des Ortes befindet sich das Hortobágy Club Hotel. Das 4 Sterne Hotel bietet alles, was man für einen perfekten Urlaub benötigt und ist nur ungefähr 5 Autominuten von Hortobágy entfernt. Entlang der Hauptstraße Richtung Debrecen ist ein russischer T-33 Panzer aufgestellt, der an die grausame Schlacht zwischen den Deutschen und den Russen im Zweiten Weltkrieg im umliegenden Gebiet erinnern soll.

Die Einwohner von Hortobágy sind für die Ernennung der UNESCO durchaus *dankbar. Einerseits wurde die Infrastruktur in den letzten Jahren erheblich modernisiert, wodurch Straßen, aber auch Plätze weitaus schöner sind als jemals zuvor. Zusätzlich ist es auf dem ungarischen Markt nicht nur möglich einige Hungarica zu kaufen, sondern auch schöne Souvenirs wie zum Beispiel einen Gulaschkessel. Daher ist es sehr empfehlenswert Hortobágy zu besuchen, da der Ort wirklich einzigartig ist und auch die Gastfreundschaft der Menschen berühmt                              ist.*

<<<Zitat: www.urlaub-ungarn-at>>>

Natürlich haben wir auch solch einen Gulaschtopf gekauft, ich weiß zwar nicht ob wir den irgendwann benutzen, aber wir haben ihn erst einmal.

Gabi und Tomash sind im Auto geblieben. Gabi wollte sich ausruhen, sie war doch ein wenig geschafft. Na und Tomash, der faule Sack, blieb zur Energetischen Wärmeheilung bei ihr. Was natürlich für Gabi gut war. Gegen 15:00 Uhr haben wir uns am Auto getroffen und sind dann mit einer inneren Anspannung zu Laszlo und seiner Roma-Familie gefahren. Wir mussten laut Navigationssystem, durch den ganzen Ort nochmal durch, quasi den gleichen Weg, den wir vorher gelaufen sind. Wir hätten nur noch einmal um die Ecke biegen müssen, und wir wären bei Laszlo gewesen. War auch nicht schlimm, so haben wir den kleinen Ort Hortobágy auch mal kennengelernt.

Wir sind durch ein großes uraltes Holztor gefahren und haben gleich am Anfang des riesigen Hof-Geländes, unser Auto erst einmal stehen lassen. Ich weiß nicht wo sie plötzlich herkamen, aber wir waren mit einem Schlag von mindestens zwanzig dunkelharigen Roma Kindern umzingelt. Gabi und Susi und vor allem der kleine Tomash haben richtig Angst bekommen. Tomash ist sogar unter meinen Vordersitz gekrochen und hat sich versteckt.

Plötzlich hörten wir sehr lautes Pfeifen, ich dachte noch, wenn das jetzt ein Zwei-Finger-Pfiff war, dann sind die Finger jetzt abgefallen. Nach dem Pfeifen waren die Kinder alle wieder weg, aber Laszlo stand plötzlich genauso unerwartet mit einem sehr alten von der Sonne dunkelbraun gegerbten Mann vor uns. Laszlo freute sich unbändig und sagte: „Das ist mein Vater, er lädt heute zum Familienfest ein. Der alte man grinste, freute sich mit seinem Sohn, so dass ich sehen konnte, dass er nur noch zwei Zähne im oberen vorderen Kiefernbereich besaß. Nun war mir auch klar, warum er so gut Pfeifen konnte. Laszlo fragte dann wo Tomash ist. Ich zeigte auf das Auto. Und tatsächlich schaute er durch die Scheiben nach draußen, aber wir interessierten ihn gar nicht, er schaute nur auf die vielen Kartäuser-Katzen, die jetzt um das Auto herumwuselten. Ich dachte noch, na ob das gut geht, da hat Laszlo schon die Tür aufgemacht und holte ihn einfach aus dem Auto. Susi konnte es gar nicht fassen und zitterte förmlich vor Angst. Laszlo hat ihm ein goldenes Kettchen umgetan und hat unseren Tomash jetzt zu seiner Tante bringen wollen. Dachte ich, aber er setzte ihn einfach zwischen die anderen vielen Kartäuser. Jetzt begann wieder so ein wundersames Ritual, oder wie soll ich es nennen, jedenfalls schauten plötzlich alle Kartäuser zu ihm. Tomash drehte sich einmal um seine eigene Achse, gab ganz merkwürdige Töne von sich, setzte sich selbst in Bewegung, so als würde er Wissen wo es hingehen soll. Und alle anderen Kartäuser folgten ihm, unserem kleinen Tomash. Es sah aus wie in einem Märchen, wo ein König von seinen Untertanen empfangen wurde als wäre er aus einer Siegreichen Schlacht zurückgekehrt.

Als Tomash mit seinem Fußvolk an mir vorbeimarschiert ist, zwinkerte er mir zu und gab mir zu verstehen „Mach Dir keine Sorgen" Uns hat dann, nach dem zwei jungen Roma unser Gepäck aus dem Auto holten, der Vater von Laszlo unsere Zimmer gezeigt. Die Zimmer waren zwei neue Wohnwagen, einer für mich und meine Susi und der andere für Billy und seine sich sichtlich wohl fühlende Gabi. Ich war begeistert. Die beiden Wohnwagen standen mit vielen

anderen im Kreis. Sie hatten Nummernschilder aus fast ganz Europa und jeder schien größer zu sein, als der andere. Manche sahen aus, als würden sie immer hier stehen, denn sie hatten schon richtige Holz-Terrassen und Holz-Geländer. Es war auf jeden Fall eine riesige Überraschung. Wir sollten uns ein bisschen frisch machen und Laszlo versprach, uns vier in einer halben Stunde hier abzuholen. Wir zogen uns um, was für uns Männer nichts anderes als ein Hemdenwechsel war, aber Gabi und meine Susi zogen ihr schönstes

Kleid an. Gabi kam in knall Rot daher und meine Susi saht bunt aus. Laszlo kam mit seinem Vater und hat uns tatsächlich abgeholt und brachte uns in das Innere des Bauern Hofs. Der innere Teil des bauernhofes war sehr groß und dank der Umbauungen, mit Mauern und Scheunen, hat man kaum etwas von den Feierlichkeiten in der Gemeinde mitbekommen. Drinnen aber ging die Post ab.

Ich glaube es tummelten sich an die einhundert Roma hier im Hof und feierten das Familientreffen. In der Mitte des Hofes brannte ein riesiges Lagerfeuer, über dem ein Reh und ein Schaf gegrillt wurde. Zu trinken gab es vorwiegend Wein, aus allen möglichen Gefäßen, denn jeder hat welchen mitgebracht. Die einen brachten gekauften aus dem Supermarkt mit, andere Obstwein in Weinballons und wieder andere schleppten riesige Kunststofftanks mit Wein an. Und überall waren die Kartäuser Katzen zu sehen. Ichfragte mich wo Tomash ist, ob es dem gut geht? Gabi kam auch des Weges und fragte mich auch wo Tomash ist. Wir beide sagten Billy und Susi bescheid und gingen ihn suchen. Zuerst lief uns Laszlo über den Weg, der sagte, dass es Tomash gut geht und wenn wir zu ihm wollen bringt er uns zu ihm, beziehungsweise zu seiner Tante Marianne, die ja die hellsehende und wissende aus Laszlos Familiendynastie war. Marianne wohnte nicht in einem Wohnwagen, sie lebte in einer kleinen Zweizimmerwohnung direkt im Bauernhaus, da wo auch Laszlo selbst wohnte aber auch sein Vater eine kleine Wohnung besaß. Es war nicht besonders aufgeräumt, aber sauber, jedenfalls ganz anders wie immer erzählt oder geschrieben wird. Wir klopften bei Marianne und hörten schon durch die geschlossene Tür, wieder diese komischen Laute. Als wir die Tür öffneten, hat Laszlos Tante, die ein grünes ärmelloses Kleid trug und sich ein paar farbenfreudige Tücher umgebunden hatte, unserem kleinen Tomash etwas aus einem sehr alten Buch vorgelesen. Tomash war irgendwie wie in Trance, er hat uns nicht einmal bemerkt, wie wir uns neben die beiden gesetzt haben. Laszlo ging wieder hinaus, denn er hatte noch seinen Auftritt an diesem Abend. Gabi und ich hörten weiter zu was da geschah. Wir kamen aus dem Staunen nicht mehr

heraus.

Abwechselnd laß sie jetzt aus dem Buch etwas vor, was Gabi und ich nicht verstanden haben und schaute zwischendurch aber immer wieder in die Kugel und sagte zu Gabi:

„Mädchen du bist krank, schwer krank" und widmete sich wieder unserem Tomash.

Danach wieder das gleiche Spiel, denn sie sagte wieder zu Gabi: *„Du versprühst eine Kranke Aura, du hast Gürtelrose, willst du das ich dir helfe?"*

Gabi schluchzte und sagt unter Tränen: *„Ja, bitte nehmen sie mir die Schmerzen, ich halte es nur noch mit ganz starken Medikamenten aus".*

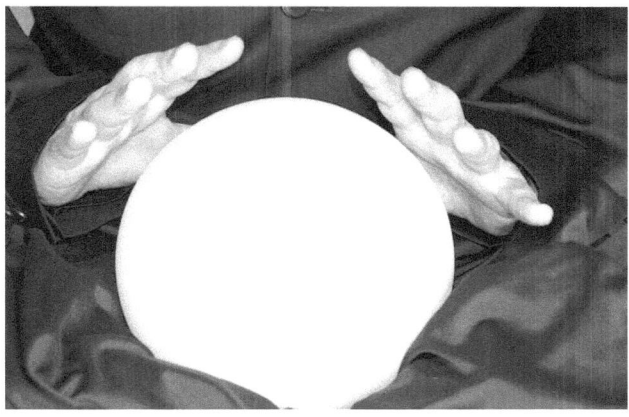

Tomash ist dann wieder in unsere Welt zurückgekehrt, denn er Miaute wieder, ganz so wie bei uns zu Hause. Laszlos Tante Marianne zog sich um und forderte Gabi auf den Bauch frei zu machen und sich hinzulegen. Tomash legte sich an die eine Seite und Marianne wärmte die Gürtelrose auf der anderen Seite. Das ging so ungefähr eine Stunde so. Gabi war eingeschlafen und als sie wieder aufwachte, war die Gürtelrose, natürlich nicht weg, aber sie sagte, dass sie keine Schmerzen mehr hätte. Marianne sagte:

„Mehr kann ich nicht machen, um die Rose selbst müssen sich die Schul-Mediziner kümmern, und das Immunsystem muss auch weiter gestärkt werden." Gabi war erst einmal überglücklich. Wir haben zwar das Konzert von Laszlo verpasst, aber das erleben wir nächstes Jahr gleich zweimal in der Wondercat-Bar. Nun war ich aber dran und setzte mich zu der Wahrsagerin „Marianne" und wollte wissen, ob sie etwas sagen könne, wer Tomash ist und woher Tomash kommt. Sie fing an aus der weit zurückliegenden Zeit zu erzählen. Der kleine Tomash kletterte zu mir und hörte ganz gespannt mit zu. *„Es war wohl im Mittelalter, als eine Wahrsagerin und Hellseherin mit* ihrem Gefolge aus Indien hier nach Ungarn gezogen ist. Diese Wunderheilerin hatte mehrere Katzen, unter anderem auch eine Kartäuser, der heilende Kräfte zugesprochen wurden. Sie half vor allem den Armen und man erzählte sich, sie hat aus einem alten Buch gelesen und damit der Kartäuser ihre Anweisungen gegeben. Das Buch habe ich von einer anderen Wahrsagerin bekommen und hat sich von ihrer großen Verwandtschaft aus dem ganzen Land Kartäuser mitbringen lassen, aber bis jetzt war keine Katze oder Kater dabei, die aus der direkten Linie abstammte. Die erste aus Indien stammende Wahrsagerin, hatte man damals der Hexerei bezichtigt und auf dem Scheiterhaufen verbrand. Es hielt sich aber immer das Gerücht, dass im Verlauf der Jahrhunderte ein Kartäuser durch heilende Fähigkeiten von sich reden machte. Dein Tomash hat heute bewiesen, dass es diese direkte Abstammungslinie doch noch gibt, er aber der letzte ist, weil er sich nicht fortpflanzen kann, da ihm ja seine besten Stücke entfernt worden.“

„Ja, so ist das mit Tomash, er ist der einzige bekannte Kartäuser Kater, der das kann."

Ich erzählte „Marianne", dass es einen Bruder gibt, der auf den Namen Zandro hört und bei meinem Freund und Geschäftspartner Gabor lebt. Marianne wurde hellhörig und fragte, ob man sich mit ihm unterhalten kann, beziehungsweise, ob Zandro zu verkaufen ist. Ich sagte ihr, dass Laszlo weiß, wer Gabor ist und er könnte dann den Kontakt herstellen.

Marianne sagte noch, dass wir das mit Tomash alles richtigmachen, sie hätte uns im TV gesehen und es ist richtig, dass man die Menschen aufklärt, damit sie nicht glauben der kleine Tomash kann alle Krankheiten auf dieser Welt heilen.

Gabi, Tomash und ich, haben uns dann von Marianne verabschiedet und ihr für die Zukunft alles Gute gewünscht. Plötzlich fragte Marianne: „Wollt ihr gar nicht wissen wie eure Zukunft aussieht? Wir schüttelten nur ganz schnell den Kopf und gingen ins Partygewühl zurück. Da war bloß kein Partygewühl mehr. Eine wenige aus Laszlos Familie waren noch da und tanzten in ihren bunten Kleidern. In einer anderen Ecke spielte noch jemand leise Gitarre und Laszlo saß mit seinem Vater, mit Susi und Billy zusammen und erörterten die gerade in Ungarn heraufziehende, nationalistische Politik.

Als wir dann dazu kamen, war natürlich Tomash und Gabi das Gesprächs Thema. Ich war auch müde und bin dann mit Susi in unseren Wohnwagen gegangen. Wir waren froh jetzt allein für uns zu sein, was aber nicht lange anhielt, denn draußen kratzte Tomash an der Tür, den wir natürlich nicht draußen lassen wollten, aber beinahe draußen vergessen hatten. Susi wollte jetzt alles ganz genau wissen, wie es bei Wahrsagerin „Marieanne" war. Ich erzählte ihr, dass keine vorher über die Krankheit von Gabi erzählt hatte und trotzdem wusste sie worunter sie leidet. Ich bin dann aber eingeschlafen. Weil ich nicht richtig liegen konnte bin ich nachts noch einmal aufgewacht und habe Tomash an der Scheibe stehen sehen. Es sah aus, als würde er wieder mit den anderen Kartäusern kommunizieren, denn sie saßen alle draußen vor dem Fenster. Ich glaube sie machten so etwas wie ein Verabschiedungsritual. Das war wieder reichlich übersinnlich, denn die Kartäuser draußen, machten die Bewegungen nach, die Tomash drinnen vormachte. Zum Schluss haben sie alle zusammen ein gemeinschaftliches Katzen Miauen angestimmt. Ich hatte wieder, wie immer, wenn Tomash so etwas machte, am ganzen Körper Gänsehaut.

Am nächsten Morgen, haben wir noch einmal zusammen gefrühstückt, allerdings waren viele schon abgereist, denn sie hatten noch einen weiten Weg. Die Roma-Familien, die noch nach Frankreich oder Spanien mussten, waren schon auf der Autobahn.

Laszlo machte uns noch einmal Mut, für unsere Pressekonferenz, die auch aus seinen Augen sehr wichtig ist. Wir haben uns nach dem Frühstück von Marianne, Laszlos Vater und von Laszlo dem Teufels- Geiger selbst verabschiedet und sind wieder nach Hause gefahren. Insgesamt gesehen, waren wir uns alle vier einig, war es ein schönes Fest. Dieses Fest erzeugte in uns, ein ganz anderes Bild von den in Ungarn lebenden und befreundeten europäischen Roma-Familien, als wir es vorher hatten. Gegen 15:00 Uhr rollten wir wieder in Zamardi auf den Hof. Susza und Janosch unsere Nachbarn, wussten in etwa wann wir kommen und haben in ihrem Garten eine Kaffee-Tafel gedeckt. Susza backte selber einen altdeutschen Quarkkuchen mit Zitronengries. Wir mussten dann natürlich unsere Erlebnisse noch einmal schildern, was bis zum Abend dauerte, hatten wir doch völlig unterschiedliche Dinge erlebt.

Janosch und Susza erzählten, das unangemeldet zwei TV Teams, eines aus Rumänien und eines aus Bulgarien, gekommen waren um aufnahmen zu machen. Auch die privaten Besucher waren wieder reichlich da. Der große Stapel Autogramm-Karten, war jedenfalls alle. Janosch erzählte, das Zandro hier hochgekommen war und ehe er etwas zu der Reisegruppe sagen konnte, die am Zaun auf Tomash warteten, haben sie Zandro etwas ins Ohr geflüstert, weil sie glaubten, es wäre Tomash.

Gabi und Billy, wollten sich irgendwie bedanken und sagten, dass sie sich an der Vorbereitung der internationalen Presse-Konferenz beteiligen wollen.

Ich fand es gut, habe aber auch gesagt, sie können sich am Tage noch ein wenig den Balaton ansehen und die Gegend erkunden. Sie müssen das nicht machen. Sie wollten aber unbedingt, also machten sie am Mittwoch die Vorbereitung mit und für den Tag selbst, habe ich sogar Gabi dazu gewinnen können, eine Hilfestellende Aussage dahingehend zu präsentieren, dass sie den Journalisten als Beispiel dienen könnte.

Mittwoch früh haben Susi, Gabi, Billy und ich erst einmal ausgiebig gefrühstückt. Haben dann einen Tagesplan erstellt und sind dann in das Gymnasium gefahren, in dem wir die Aula für unsere Zwecke umbauen durften. Die Gemeinde Zamardi und Siofok konnten uns dahingehend unterstützen, weil noch Ferien waren und die Aula nicht genutzt wurde. Die Tische und Bänke so zu stellen, dass für Kamerateams und Fotographen genug Platz war, das bekamen wir noch hin, die Beleuchtung und die Technik, wie Mikrofonanlage, Biemer und Super-Flach-Bildschirm stellte für mich und Billy, dann doch eine große Herausforderung dar. Aber mit Hilfe von Gregor, dem Hausmeister, der uns gern geholfen hat, waren wir gegen 18:00 Uhr auch fertig.

Wir haben uns dann noch zwei Stunden bei einem Glas Weißwein hingesetzt und haben alles durchgesprochen, wie die Abfolge morgen ist.

Ich konnte die halbe Nacht nicht schlafen. Tomash übrigens auch nicht, denn es saß bei mir auf dem Schoß und schnurrte, so laut er konnte. Ich hielt mit ihm ein Zwiegespräch, er musste auch zuhören, denn ich spielte mit ihm die Pressekonferenz durch. Ich glaube ich hatte Lampenfieber.

Am nächsten Morgen gegen 07:00 Uhr bin ich als erstes zum Gymnasium und habe die ersten TV-Teams hineingelassen. Mittag gegen 13:00 wollten wir beginnen, und gegen 10:00 Uhr waren alle TV-Teams, die angemeldet waren schon da.

Gegen 13:00 habe ich begonnen, habe einen langen Vortrag über Tomash gehalten, habe vernünftig geklärt, das Tomash kein Krebs heilen kann, allenfalls bestimmte Krankheiten lindern und eine positive psychologische

Wirkung verbreiten kann, damit die Schulmedizin noch zusätzlich einen positiven Schub bekommt. Susi erzählte noch etwas von ihrer organisatorischen Arbeit und wie sie sich die zukünftige Zusammenarbeit mit den Anfragenden Institutionen vorstellt. Plötzlich fuhren draußen zwei große schwarze Limousinen, plus vier große SUV vor, aus dem zuerst acht Muskelbepackte Jungs ausgestiegen sind. Einer suchte mich und sagte ganz locker:

„Hey, ich bin Laszlo Urbanik, bin vom VIP-Security-Service. Ich habe den ungarischen Minister für Gesundheit und den Minister für Tourismus an Bord, Wo können die Beiden etwas geschützter aussteigen, als hier am Haupteingang? Gibt es einen Lieferanteneingang?"

Jetzt kam eine Frau dazu, die sagte:

„Hallo ich bin Prof. Dr. Helen Terenzi, ich bin Staatssekretärin im ungarischen Gesundheitsministerium. Wir haben in den letzten zwei Tagen versucht sie zu erreichen, da wir sowieso im Wahlkampf unterwegs waren...". „Dann dachten sie, nutzen sie gleich mal die Bekanntheit von Tomasz und mir aus und machen auch gleich Wahlkampf hier mit uns". Sagte ich, nachdem ich sie unterbrochen habe.

Darauf sagte sie: „Wir können auch wieder fahren und nehmen die 10.000 € wieder mit." Ich musste erst einmal schlucken und den Bürgermeister fragen, der auch einfach so dazu gekommen war, von welcher Partei die beiden Minister überhaupt sind. Der Bürgermeister sagte:

„Die sind von der noch regierenden, Europa freundlich eingestellten Sozialistischen Arbeiter Partei, das ist so etwas wie die SPD in Deutschland". Das klang ja gut, aber noch regierend, klang wie Chancenlos im Wahlkampf zu sein. Übrigens gehörte der Bürgermeister der ganz linken Fraktion an, die bei der nächsten Parlamentswahl, auch keine Chance hatten. Es siegten die Mitte-Rechts Populisten um Franz Oranszie.

Ich habe dann ganz undemokratisch entschieden, die 10.000 € zu nehmen und sie als Anfangskapital für meine

„Tomash Hilft"-Stiftung zu verwenden. Ohne zu ahnen, dass es ein Fehler war und ich mich und auch die SAP-Ungarns sich erpressbar gemacht haben. Das spielte heute aber keine Rolle. Als unser Part eigentlich fertig war und wir der ganzen Welt, durch diese Pressekonferenz erklärt haben und auch der Tomash seinen Auftritt hatte und nachdem sogar Gabi ihre Geschichte erzählt hat, dürfte der Welt nun klar sein, dass wir nicht Gott spielen und todbringende Krankheiten heilen können.

Dann aber wurden wir fast verdrängt und die beiden schwer bewachten Minister nahmen die Pressekonferenz in ihre Hand. Das Ihnen aber das Publikum fehlte und nur Kameras und fragende Journalisten im Raum waren, hatten ihre Wahlkampfmanager wohl vergessen. Erst als der Bürgermeister plötzlich einen Strauß Blumen in der Hand hielt und eine Medaille bei seiner Sekretärin auf einem blauen mit Goldbrokat um stickten Samt-Kissen lag, lachten sie wieder, denn die freundlichen aber verwöhnten Politiker, dachten nun, sie werden ausgezeichnet. Wenn ich ehrlich bin, dachte ich das auch, aber als ich meinen Namen hörte, fuhr mir der Schreck in alle Glieder. Ich bekam den Landes Verdienstorden für herausragende Initiativen zum Wohle des Landkreises Siofok, weil ich mit meinem Handeln wieder mehr Urlauber in diese Region geholt habe und ich bekam die Medaille, weil ich durch meine Idee, das Tierheim wieder zum Laufen bekommen habe. Plötzlich waren Babsi und Judith da, die mir als Freundin und als Tierheim Leiterin die Medaille ansteckte und ich weiß nicht ob es so geplant war, aber Tomash lag seitdem auf dem schicken blauen Samtkissen mit der Goldenen Borte. Wie ein kleiner

König, lag er nun da. Ich musste dann eine kleine Rede halten, ich stammelte unvorbereitet etwas langhin. Die Kameras machten mich nervös. Ich bedankte mich natürlich zuerst bei meiner Frau Susi, bei unseren Freunden Meike und Andi, Barbara und Judith, Gabor, Thomas und Istvana, Alexander und Viktoria, Janosch und Susza. Laszlo, Marianne, Zandro und natürlich Tomash Der TV-Star. Ich versprach das dieses mal das Sprichwort: „BOMBEN und ORDEN treffen immer die Falschen" nicht stimmt.

Die beiden Minister standen jetzt wieder Abseits des ganzen Rummels und wollten, weil sie von den schreibenden Journalisten nicht beachtet wurden, einfach so verschwinden. Da kannten sie aber Susi nicht, die sich vor ihre riesigen Staatskarossen stellte und nach dem Scheck fragte, den dann die Staatssekretärin, Frau Prof. Dr. Helen

Terenzi doch noch ausgestellt hat.

Gegen 17:00 Uhr löste sich alles auf, die Journalisten packten alles ein, die Journalisten, die von den großen Zeitungen kamen, hatten auch nichts mehr zu fragen, da löste sich erst einmal die ganze Anspannung. Ich setzte mich in die denkmalgeschützte Klosterkirche, die zum Gymnasium gehörte und musste erst einmal Weinen und habe das erste mal darüber nachgedacht, wie sich mein Leben und das von Susi, seit wir in Ungarn wohnen und den Tomash kennen, der sich auch zu mir gesellt hat, verändert hat. So viele Glücksmomente, ich konnte sie gar nicht mehr zählen.

Abgebaut haben wir alles am Freitag. Das ging alles sehr schnell, denn die meisten Sachen blieben im Gymnasium und wurden vom Hausmeister, der noch ein paar kräftige Jungs mitbrachte, gleich wieder verstaut oder dahingestellt wo sie für den Schulablauf gebraucht wurden. Abends haben wir uns dann selber im TV gesehen, zwei Ungarische TV-Teams und ein österreichisches TV-Team, berichteten bereits am Sonnabendabend von der Pressekonferenz. Wir vier waren uns jedenfalls einig, dass alles auch so verstanden wurde, wie es von uns rübergebracht werden sollte. Gabi und Billy haben dann die Koffer gepackt und ich habe sie dann Sonnabend früh zum Flugplatz gefahren. Wir mussten mitten in der Nacht aufstehen, denn das Flugzeug sollte schon 07:20 Uhr in Siofok abheben. Es war nur ein kleines Flugzeug, gerade mal 48 Passagiere hatten in dem kleinen Flieger Platz.

Als ich gegen 08:00 zurück war, bin ich wie vorherausgemacht in den Waschraum gegangen, habe die Klingel abgestellt, bin dann in das Wohnzimmer und habe die Jalousien runtergelassen und dann zu Susi ins Bett gesprungen und haben den Erfolg, auf unsere Art gefeiert und haben uns auch erst gegen 16:00 wieder unter den Lebenden angemeldet.

---

# DRITTES KAPITEL

Abends haben wir es uns auf der Terrasse gemütlich gemacht. Gabi und Billy hatten noch angerufen, dass sie gut angekommen sind, wir haben noch mal alle Daumen gedrückt, denn am kommenden Montag sollte ja ihre Behandlung im Krankenhaus beginnen. Schade das sie wieder so zeitig wieder zurück mussten, ich glaube dieses mal hätten wir uns besser verstanden, als damals vor vielen Jahren, wo Billy und ich anschließend für vier Jahre kein Wort mehr zusammen geredet haben. Susi fragte plötzlich:

„Wo ist eigentlich Tomash und Max"

„Kann ich dir auch nicht sagen. Hast du ihnen was zu fressen gegeben?" sagte ich.

„Ja klar heute Morgen und am Nachmittag auch noch mal. Halt, einen habe ich, Max schläft in seinem Körbchen." Sagte Susi.

Wir haben im Haus nach Tomash gesucht, nichts zu finden. Wir haben draußen gesucht und gerufen, nichts. Dann sind wir zu Janosch und Susza hinübergegangen, da war er aber auch nicht. Seit der negativen Erfahrung mit dem Terrier von Klaus, ist er eigentlich nicht mehr stromern gegangen. Ich bin sogar noch runter an die Ecke, da wo Klaus wohnte, da fand ich aber auch nur den kläffenden Terrier. Als ich wieder oben bei uns war, haben wir uns noch einmal zusammengesetzt und haben überlegt, wo er noch sein könnte. Da fiel mir das blaue Samtkissen mit der Goldbrokatkante wieder ein und fragte wo das ist. Susi sagte: „Das habe ich gegen das schäbige im Mini-Modell-Kutter getauscht. Der wird doch nicht …?" Wir sind dann beide zum Schuppen, machten das Licht an und ein lautes Miauen kam uns entgegen. Der Schlingel hat den ganzen Tag auf seinem Kissen gelegen und geschlafen, oder hat er auf mich gewartet, denn heute war Sonnabend, da sind wir ja sonst Boot gefahren.

Egal, wir waren froh, dass er wieder da war und wir ins Bett gehen konnten.

Am Sonntag sind wir mal den Terminplan durchgegangen und haben festgestellt, das Susi diese organisatorischen Anforderungen zusammen mit ihrem Job im kleinen Schmuck Geschäft, nicht mehr bewältigt.
Sie hatte ja schon einmal mit ihrer jetzigen Chefin darüber gesprochen, ob

sie kurzfristig, und ohne die Kündigungsfrist einzuhalten, einfach aufhören könnte. Das ginge wohl, sie würde sich aber freuen, wenn Susi ab und zu mal aushelfen könnte, wenn Not an der Frau wäre. Ich wollte ja eigentlich auch aufhören, aber ich habe es mir, trotz Wiedereinstiegsmöglichkeit doch noch einmal überlegt und bin lieber verkürzt Arbeiten gegangen. Das heißt ich bin ab September von Montag bis Donnerstag in der Natursteinfirma Verkäufer und Freitag, sowie Samstag war ich mit Tomash unterwegs und habe kranke Menschen besucht oder habe Menschen ihr Leben ein wenig durch unseren Besuch wieder etwas aufwerten können. Das war natürlich wieder ein neuer Schritt Nun mussten wir uns auch langsam Gedanken machen und endlich die Stiftung gründen, damit auch die 10.000€ von der Ungarischen Sozialistischen Arbeiterpartei ordnungsgemäß verbucht werden können. Samstag bekam Tomash und ich auch ein Email von unserem Rechtsanwalt, der eine Anfrage von dem Warner Bros, Filmstudio in den USA in

Los Angelas. Sie hatten vor, in Kooperation mit Wald Disney, einen Animation Trickfilm zu drehen. Unser Anwalt schlug vor, auf dieses Angebot einzugehen, aber erst hier vor Ort über genaue Zahlen zu sprechen.

Als ich das Susi erzählte, musste sie sich erst einmal setzen und fragte, ob es ein mit richtigen Tieren gedrehter Film werden soll, oder ein Animationsfilm, wie aus der Produktion von Pixa. Tomash lag zwar auf dem Schreibtisch, zwischen uns, aber ich glaube interessiert hat es ihn nicht. Max lag auch nur noch in seinem Körbchen und schlief oder döste vor sich hin. Susi fragte so aus Spaß: „Wollte ihr nicht auch so berühmt werden, wie beispielsweise „Salam" aus der TV-Serie mit der verzaubernden Jeanny, oder wie der gestiefelte Kater, bekannt aus einem uralten Märchen und zu guter Letzt, wie Garfield, der TV-Star schlechthin. Bei Garfield hat Susi es zumindest geschafft, dass sich die beiden Radartüten, auch Ohren genannt, ein wenig bewegt haben. Als im TV aber gerade der Laskas-Katzennahrung Werbespot lief, sind beide aufgestanden und haben erst einmal nachgeschaut, ob noch etwas Essbares in ihrer Schale zu finden ist. Na bitte dachte ich, es ist ja doch noch etwas Bewegung in Ihnen und nicht nur eine denn wenn die Fassadenfarben-Werbung mit der weißen Perserkatze läuft, dann sitzen sie beide neben einander und schauen verliebt in die Röhre, beziehungsweise auf den Flachbildschirm.

Beide, Max und auch der Tomash, sind kastriert, also zur Familienplanung gänzlich ungeeignet. Hier in unserer Straße, ist zwei Häuser weiter ein junges Ehepaar eingezogen. Ich bin vor drei Wochen mal in Richtung Aussichtsturm spazieren gegangen und da habe ich gesehen, dass die beiden jungen Leute eine Schneeweiße Perserkatze besaßen, die sogar draußen herumturnen durfte. Max ging ja nicht vom Hof, Tomash hingegen hätte die Katze eigentlich schon riechen und kennen müssen. Merkwürdig, dachte ich und bin dann zu Susi und erzählte von der weißen Perserkatze, die Susi natürlich kannte, aber auch feststellte, die hätte Tomash längst entdeckt haben müssen.

Jetzt kam der Sonntag, es passierte nicht viel, aber am Abend des besagten Sonntages, bin ich Tomash hinterhergeschlichen, und habe von einer Hecke aus beobachtet wohin er geht und was er macht. Er ging an dem Haus vorbei, wo die weiße Schöne lebt. 100 Meter weiter kam ein Kinderspielplatz, wo er sich in den Sand setzte und wieder so merkwürdige Geräusche machte, mit denen er die Katzen aus der Nachbarschaft anlockte. Das waren nicht irgendwelche Katzen, dass waren Fellnasen, die sich untereinander verständigen können. Auch die Rote, mit den weißen Streifen, war wieder dabei. Natürlich war sie wieder so gut, dass sie mich natürlich entdeckte, mich wieder anstarrte, worauf ihre Augen beängstigend größer wurden. Die anderen begrüßten sich wieder mit den komischen Lauten und schienen über irgendetwas erbost zu sein. Da ich die Katzen nicht verstanden habe aber ich damals erleben musste, wie die Katzen mich anfallen wollten und unser Tomash, sie im letzten Moment zurückgepfiffen hat. Bis jetzt erzähle ich die Nacht-Geschichte nicht gern, weil sie mir keiner glauben würde. Außer Susi, die hat ja mit einem anderen Kartäuserkater auch erlebt, wie Tomash sich mit ihm verständigen konnte.

Theo mit Claudia

Das war Theo, ein Kartäuser einer mittlerweile guten Freundin von der Insel Hiddensee.

Also zog ich mich zurück, weil der große rothaarige Kater mich wahrscheinlich erkannt hatte.

Ich grabbelte dann zu Susi ins Bett, in welches sie sich schon zurückgezogen hatte und erzählte ihr, was ich gerade gesehen hatte.

Am nächsten Morgen, bin ich in die Firma gefahren und Susi ist in ihr Organisations-Büro gegangen und wir beide kamen unserer Arbeit nach.

Gegen Mittag, ich habe gerade Pause gemacht, bekam ich einen Anruf von der Polizei, ich möchte doch bitte, zur Klärung eines Sachverhaltes, in die Polizeizentrale nach Siofok kommen. Ich habe Susi zu Hause angerufen, habe ihr davon erzählt und war erst einmal beruhigt, weil sie sagte: *„Pass auf, ich hole dich ab, denn ich muss dir auch etwas erzählen."*
Zehn Minuten später war Susi da, und wir sind erst einmal zur Polizei gefahren. Dort angekommen, mussten wir auf einem Flur warten. Ich habe mir erst einmal eine Cola aus dem knall roten Automaten mit dem großen Eisbären

geholt, und sah am andern Ende des Flures Klaus. Das war der Klaus, der bei uns in der Straße wohnt und auch vor vielen Jahren, aus Deutschland ausgewandert war.

Das Verhältnis zwischen uns war noch nie das Beste. Er ist ein prolliger Typ und redet mir ein wenig zu viel und dann war da noch die Geschichte mit seinem kleinen Terrier, der unseren Tomash angegriffen und schwer verletzt hat.

Ich habe, nach dem ich den Kerl gesehen hatte, sofort gedacht, dass hier, kann nur etwas mit ihm zu tun haben.

Wir wurden dann aufgerufen und eine nette Ungarische Polizistin erzählte, dass jemand eine Anzeige gemacht hat. Weiter erzählte sie in sehr gutem Deutsch, denn es stellte sich später heraus, sie ist eine Deutsche Austauschpolizistin, mit türkischem Migrationshintergrund, das jemand behauptet, das fremde Katzen, seinen kleinen Terrier sehr schwer verletzt haben.
„Und das soll unser Kater gemacht

haben, oder was werfen sie uns jetzt vor?"

Susi sagte: „Komm beruhige dich, das klärt sich bestimmt bald auf" Wir wurden dann noch verhört und alles was wir sagen konnten, war, dass wir es nicht wissen, was unser Tomash des Nächstens so treibt. Er ist ja Freigänger, wie man so sagt.

Wir durften dann gehen und ich machte das blödeste, was man in meiner Situation machen konnte, denn als wir bei der deutsch-türkischen Polizistin, aus dem Ungarischen Polizeibüro kamen, lief uns Klaus über den Weg und sagte: „Jetzt nehmen sie deinen Superkater und werden ihn einschläfern lassen" grinste dabei so blöd, dass ich ihm eine runtergehauen habe. Er fiel dann so gekonnt, dass es so aussah, als wäre er bewusstlos geschlagen worden. Was er nicht war, denn ich konnte noch sein provokantes Augenzwinkern sehen, bevor man mich zuerst verhaftet hat und mich dann in die Keller Zelle zur Überwachung sperrte. Susi war geschockt, und hat erst einmal alle Termine abgesagt, die sie noch mit irgendwelchen Journalisten hatte. Dann hat sie unseren ungarischen Rechtsanwalt Dr. Keszkemet angerufen, der es sogar schaffte, das sie mich schon am nächsten Tag besuchen konnten. Dr. Keszkemet und Susi waren so lieb zu mir, aber jeder auf seine art. Mein Rechtsanwalt erklärte mir erst einmal die Gesetzes Lage. Das was Tomash gemacht haben soll, ist in Ungarn kein Straftatbestand, allenfalls ist es eine Sachbeschädigung, so als würde ein Nachbars Hund absichtlich die Holzmöbel anknabbern. Mit der Körperverletzung sieht es schon anders aus, ich hätte mich einfach nicht provozieren lassen dürfen. Da aber die medizinische Untersuchung bei meinem deutschen Freund Klaus nicht weiter herausgekommen ist, wird es wohl mit einer Verwarnung enden.

„Und warum darf ich hier nicht raus" fragte ich meinen Rechtsanwalt und auch meine Susi.

„Ja, es ist noch über Nacht eine Strafanzeige eingegangen, wegen

Steuerhinterziehung in Höhe von genau 10.000 €. Angeblich wurde diese Summe genutzt um eine Stiftung zu Gründen. Diese Summe wurde allerdings vorher nicht als Einnahme versteuert. Aber das muss noch geprüft werden." Sagte mein Anwalt.

„Hm und du Susi, du wolltest mir gestern noch irgendetwas sagen." Fragte ich. „Du hast mir doch, in der letzten Nacht erzählt wie sich Die Katzen mit Tomash getroffen haben. Du warst heute Morgen gerade raus und auf dem Weg zu deiner Arbeit, da war Tomash plötzlich da. Er war mit Blut beschmiertem Fell nach Hause gekommen, ich glaube er hat sich mit seinen Fellnasenkumpels an dem weißen Terrier gerecht." Sagte Susi.

„Der Terrier ist aber auch blöde, genau wie sein Herrchen Klaus" gab ich noch zum Besten, und weiter: „Ich kann mir schon vorstellen, wie das abgelaufen ist, der blöde Hund hat sich von den schlauen Katzen provozieren lassen und das war dann sein Verhängnis" Susi erzählte noch, sie könne sich vorstellen, das jetzt die TV-Teams wieder verstärkt anrufen werden. Sie hätte sogar schon gesehen, das Klaus und seine Frau, die immer noch auf der Gemeinde arbeitet, die unangemeldeten Teams abgefasst haben.

In der zweiten Nacht, habe ich das Fenster einen Spalt aufgelassen. Ich konnte nicht durchschlüpfen, aber Tomash hat den Weg zu mir gefunden und nicht nur Tomash, alle seine Kumpels, mit denen er sich in der besagten Nacht getroffen hat Sie hatten alle noch kleine Blessuren, wie Kratzer und Löcher im Fell, aber es schien ihnen soweit gut zu gehen. Da ich nur in U-Haft sitzen musste, und ich zur Zeit der einzige war, der dort einsitzen musste, durfte ich beim Bewachungspersonal mit die Nacht-Nachrichten schauen. Was ich hätte lieber hätte nicht tun sollen, denn dort war Klaus und seine Frau zu sehen, die falsche Dinge verbreitet haben und Unwahrheiten in die Welt gepustet haben. Tomash wäre ein ganz normaler Kater, der keinerlei Kräfte zur Genesung von Schmerzpatienten hätte und unser ganzes Treiben nur dazu da wäre, um den Menschen das Geld aus der Tasche zu ziehen. Unser Anwalt und Susi, versuchten durch Interviews alles wieder zurecht zu rücken. Aber Klaus und seine Frau saßen am vierten Tag plötzlich auch in einer Zelle, denn man hat bei der Durchsicht meiner Akten festgestellt, das ich das Geld für mein Grundstück, nicht auf das Gemeindekonto überwiesen habe, sondern auf ein fingiertes Konto von Klaus und seiner Frau. Ich war, wie sich später herausgestellt hatte, nicht der einzige, der sein Geld an Klaus und seine Frau überwiesen hatte. Da Klaus seine Frau in der Buchhaltung der Gemeinde Zamardi arbeitete, hatte sie alle Möglichkeiten, ihre kriminellen Machenschaften zu vertuschen. Judith hat sich dem kleinen Terrier von Klaus angenommen und nach ihren Aussagen, haben Tomash seine Kumpels ganze Arbeit geleistet. Er wurde aber wieder gesund, und hat anschließend eine Hundeschule für gutes Benehmen besucht und ist für Babsi und Judith so etwas wie ein Ersatzkind geworden und lebte seitdem bei den Beiden zu Hause. Klaus und seine Frau, sitzen für zwei Jahre und fünf Monate erst einmal im Staatsgefängnis in Budapest.

Ich musste eine kleine Geldstrafe zahlen, weil ich die 10.000 € von der Ungarischen Arbeiterpartei, nicht ordnungsgemäß angemeldet und versteuert habe. Die Welt um uns herum, hat sich dann langsam wieder beruhigt und aus meiner Entlassung haben unsere Freunde ein kleines Volksfest gemacht. Es war ja noch ende

September, es war noch ausreichend warm, so dass Gabor ein großes Zelt vor der Wondercat-Bar aufgebaut hat und wir haben alle zusammen gefeiert.

Insgesamt haben nicht viele ihre Aufträge storniert, so dass Tomash und ich wieder dick im Geschäft waren.

Zwischenzeitlich haben auch Alexander und der Sohn von Gabor, die Wondercat-Bar ganz übernommen, beziehungsweise Alex stottert sie jetzt ab. Sie haben zwar die Live-Music Aktes am Freitag und Samstag gelassen, aber von Montag bis Donnerstag gibt es jetzt das zweit größte Karaokebar Projekt Ungarns. Hier treffen sich jetzt innerhalb der Woche, vor allem die Einheimischen. Am Sonntag war Ruhetag, weil auch das Csardas-Restaurant in der Nebensaison geschlossen hatte.

Anfang Oktober haben wir ein Email von dem Warner Bros. Filmstudio bezüglich des Animationsfilms, den sie gern mit Walt Disney zusammen machen wollten, bekommen. Am Freitag dem 05 Oktober 2012 wollten sie anreisen, wir bräuchten uns um nichts zu kümmern, nur am 05

Oktober abends gegen 19:00 im Hotel Esplanade Siofok zu erscheinen.

*„Wenn da steht, wir bräuchten uns um nichts zu kümmern, nur erscheinen, dann werden wir sogar eingeladen, wow"*

*„Vergiss aber nicht, deinen Tomash mitzunehmen."* sagte Susi etwas schelmisch und grinste mich an. Weiter sagte sie: „Ich *bin ja so gespannt, was die Amis wollen"*

Dann sagte Susi, *„Ich habe auch Dr, Keszkemet gebeten mitzukommen und habe ihm auch schon ein paar Unterlagen zum einlesen mitgegeben."* Tomash wuselte während wir uns unterhielten immer um unsere Beine herum, miaute zwischendurch manchmal komisch, als wolle er mitreden. Ich nahm dann Tomash hoch auf den Schoß und sagte zu ihm: „Bald bist du ein Internationaler TV und Kino-Star.    Tomash schaute mich an und kuschelte sich bei mir richtig ein, so als würde er sich ein bisschen Schämen.

Die weiße Perserkatze von den zwei jungen Leuten, die das Haus weiter oben in Richtung Aussichtsturm gekauft haben,  schwänzelte immer öfter bei uns herum und stolzierte vor dem Tor hin und her. Tomash interessierte sich sowieso nicht für fremde Katzen. Max eigentlich auch nicht, denn beide sind kastriert, aber bei Max denke ich so manches mal, da hat der Onkel Doktor nicht alles weggeschnitten. Die schöne weiße Perserkatze versuchte ihr Glück ganze zwei Wochen, dann hat sie aufgegeben. Sie schmuste zwar so ein bisschen mit unserem Max, aber mehr war nicht. Irgendwie taten sie mir ja Beide leid.

Aber wer einen unkastrierten Kater einmal in der Wohnung oder in seinem Haus hatte, der geschlechtsreif wurde und in jede ecke pieselte um sein Gebiet zu markieren, der weiß, warum man um eine Kastration nicht drumherum kommt. Bei unserem Max haben wir es machen lassen und wer es bei Tomash war, wissen wir nicht. Auch die verschmähte schöne weiße Perserkatze tat mir leid, denn sie hätte es gar nicht nötig gehabt, hier bei uns zu stolzieren, denn eigentlich würden die Kater bei ihr Schlange stehen. Wie auch immer, nach 14 Tagen hat sie aufgegeben und nach ein paar Monaten hing ein Schild mit einem Foto, wo mehrere kleine Schwarz-weiße Katzen drauf zu sehen waren, an ihrem Gartenzaun, worauf in Ungarischer Sprache geschrieben stand: Fünf süße Katzen zu verschenken.

Die restliche Zeit bis Ende September, nutzten wir noch zu einigen Besuchen, bei schwer kranken Menschen, die Tomash gerufen haben, weil sie gehört haben, wenn sie ihm Wünsche ins Ohr flüstern, besteht die Möglichkeit, dass der Wunsch war wird.

Im Grunde genommen ist das nichts anderes, wie das Rubbeln oder reiben an irgendwelchen Bronze-Statuen, denn da wünscht man sich ja auch etwas. Und dass die Menschen fast alle Abergläubig sind, sieht man daran das die Stellen an denen sie Rubbeln und Reiben ganz blank sind und hellgolden Leuchten. Ich glaube man kann auch psychologische Heilung dazu sagen, was der Tomash macht. Die Leute wollen an etwas Gutes glauben, weil die Ärzte nicht weiterwissen, oder weil es eine letzte Hoffnung ist, die man seinem schwerkranken gegenüber noch angedeihen lassen will. Im positivsten Fall, stärkt sich das Immunsystem und der schwer Kranke, erfährt eine sogenannte Wunderheilung, die natürlich keine ist. Ich weigere mich aber daran zu glauben, dass Tomash ein ganz normaler gutaussehender Kartäuser Kater ist und was der Tomash kann, müsste dann ja jeder Kater können, oder gar jedes Tier. Das dem nicht so ist habe ich an einem Freitag erfahren, als ich mit Tomash nach Fonyod gefahren bin und ein Kinderkrankenhaus besucht habe. Es war ein Kinderkrankenhaus mit einer Kinder-Reha-Klinik, gleich direkt mit angeschlossen. Hier wurden aber nur Kinder behandelt und sollten sich erholen und genesen, die einen schweren Unfall erlitten hatten. Das waren ganz normale Knochenbrüche, Verbrennungen aber auch Opfer von sehr schweren Verkehrsunfällen. Gerade diese Patienten sind auf zusätzliche psychologische Betreuung während der langen Genesung angewiesen.

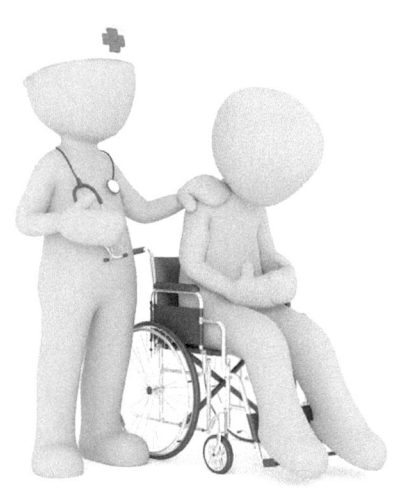

Die Klinik war schon von weitem zu sehen, sie wurde auf einem Hügel am Ortsende von Fonyod gebaut. Tomash hatte ich schon aus seiner kleinen engen Transportbox herausgeholt, er saß also neben mir auf dem Beifahrersitz, als ich auf dem Weg, hoch zur Kinderklinik, zu mir selbst, in meinen eigenen Bart murmelte: *„Von hier oben hat man bestimmt einen guten Blick auf den Balaton"*. Als plötzlich einer sagte: „Ja stimmt". War das jetzt Tomash, der aus dem Seiten Fenster sah, überlegte ich. Es wäre auch nicht das erste Mal, dass ich mit mir selbst gesprochen habe, und Tomash dann auch mit einbezogen habe, aber so deutlich? Ich verwarf den irrwitzigen Gedanken wieder und fuhr weiter die Anhöhe zum Krankenhaus hinauf. Der Weg hinauf führte durch ein Spalier von Pfirsich und Aprikosenbäumen. Ich stellte mir vor wie herrlich das hier im Frühling und im Sommer sein muss.

Oben angekommen wurden wir von einer hübschen rothaarigen jungen Schwester empfangen, die, wie sich herausstellte gar keine richtige Krankenschwester war, sondern, eine frisch fertig ausstudierte Krankenhaus-Fachangestellte war, die in Leipzig studiert hatte, und deshalb so gut Deutsch konnte.

Oben angekommen fragte sie uns, ob wir eine gute Fahrt hatten. „Natürlich, kein Stau und Wetter ist ja auch herrlich" Plötzlich brummte es aus Tomashs Ecke, was

wie ein „Stimmt" klang. Schwester Katinka schaute den Kater an und dann mich. Ich griff sofort ein, tat so als würde ich lachen und sagte: „Ha für Tomash hätte die Fahrt noch weitergehen können, haben sie gehört wie er gegähnt hat". „Ja ja", sagte Schwester Katinka ganz verstört und sagte weiter: „Und ich habe schon gedacht, er hätte „Stimmt" gesagt"

„Nein, aber nein, Tomash ist schon was Besonderes, aber sprechen kann er nicht". Katinka hat uns dann erst einmal zu einem Kaffee eingeladen. Ich habe dann so getan, als würde ich noch am Auto zu tun haben.

*„Gehen sie ruhig schon rein, ich komme mit Tomash gleich nach,"* sagte ich.

Als die Krankenschwester  nicht mehr zu sehen war, habe ich mir den kleinen Schlingel erst mal zur Brust genommen.

*„Sag mal, seit wann kannst du denn sprechen, oder kannst du nur das eine Wort?"* fragte ich ihn.

Er erklärte mir dann, dass er es schon länger kann. An dem Tag als wir in der Puszta bei Laszlo, dem Teufelsgeiger waren und er drei Stunden bei der Hell-Seher und -Wahrsagerin „Marianne" gesessen hat, hat sie mir die deutsche Sprache beigebracht, erzählte Tomash weiter.

Tomash sagte dann von alleine: *„Du*

*brauchst keine Angst zu haben, wenn wir unterwegs sind, spreche ich nicht"*

Ich dachte nur, das hält der nie durch. „Na klar halte ich das durch", sagte Tomash.

*„Was war das denn jetzt, kannst du vielleicht auch Gedanken lesen?".* Fragte ich den kleinen Tomash.

*„Tut mir leid, ja, ich kann auch Gedanken lesen, ich habe so lange nichts gesagt, weil ich erst hören musste, ob ich dir und Susi vertrauen kann."* Ich konnte es nicht fassen, da hat uns der kleine Kerl, ein paar Wochen an der Nase herumgeführt.

Ich machte ihm dann erst einmal klar, dass er nur sprechen darf, wenn ich oder Susi es möchten. Auch bei den Kindern wird nur geschnurrt und Miaut. Ich sagte nichts, aber er nickte mit seinem kleinen hellblaugrauen Köpfchen.

Mir war zwar ein wenig flau im Magen, denn ich war mir nicht sicher, ob er das auch alles verstanden hat. „*Mach dir mal keine Sorgen*" sagte er, weil ich wieder vergessen hatte, dass er ja auch Gedanken lesen kann.

Es war ein schöner Nachmittag. Die Kinder waren gut drauf, flüsterten dem Tomash ihre Wünsche ins Ohr, naja und streicheln wollten sie ihn auch alle.

Der Tag hätte nicht besser laufen können, wenn da nicht die kleine Svenja gewesen wäre. Sie war so traurig, nur der Tomash konnte sie ein klein wenig erheitern. Swenja hatte bei einem Verkehrsunfall ihre Eltern verloren, sie selbst war schwer verletzt und sollte sich hier in der Klinik erholen. Sie hatte noch einen großen Bruder, erzählte eine Krankenschwester. Als wir alle Krankenzimmer mit den Kindern besucht hatten, sind Tomash und ich noch einmal zu Swenja gegangen und haben sie noch ein bisschen glücklich machen können. Tomash sprang dazu auf ihr kleines Bettchen, damit die beiden Kuscheln konnten.

Ich fragte die Stationsschwester, ob Swenjas Bruder nicht vielleicht noch kommen würde. Ich erfuhr dann, dass er eigentlich schon da wäre, es müsse etwas dazwischengekommen sein. Ich habe gewartet und nach einer halben Stunde war er da. Er ging dann erst einmal zu seiner kleinen Schwester und kam dann zu mir heraus.

Er fragte mich dann, was der Kater alles macht, denn seine Kleine Schwester hat er schon ein halbes Jahr nicht mehr so lachen sehen. Er erzählte aber auch, dass Swenja bald entlassen wird und sie  dann mit ihm bei seinen Großeltern aufwachsen soll. Sie würde nächstes Jahr zur Schule kommen, und er wüsste nicht wie er seine Schwester zu einer positiven Lebenshaltung bringen kann. Weil er auch erzählte, dass sie jetzt bei der Oma und ihrem Opa auf dem Land aufwachsen werden, da fiel mir Laszlo der Teufelsgeiger ein. Ich machte Swenjas Bruder einen Vorschlag. Ich erzählte ihm, ich würde jemand kennen, der ganz viele Geschwisterchen von Tomash hat und er bestimmt eine ähnlich aussehende Katze finden würde und Swenja dann vielleicht etwas weniger traurig wäre. Er fand die Idee sehr gut, ich habe dann Laszlo angerufen, ihm mein Telefon gegeben und den Rest haben die beiden dann untereinander ausgemacht. nach einem halben Jahr habe ich Swenjas Bruder angerufen, der sich gleich sofort bedankt hat, weil seine Schwester, durch ihren Kater, den sie auch Tomash nannte, wieder genauso glücklich sein konnte, wie sie es früher einmal war. Sieht man mal von den Zeiten ab, wo die Eltern trotzdem noch fehlten.

Weil der Sonnenuntergang an dem Abend versprach ein guter zu werden, haben wir beide getrödelt und haben uns dann auf eine Bank gesetzt um zuzuschauen wie die Sonne langsam am roten Horizont verschwand. Wir waren zwar alleine, aber Tomash fand es wohl auch sehr Sehenswert, denn sogar ihm hatte es die Sprache verschlagen. Na ja und als sich Schwester Katinka noch dazugesellte, war für Tomash ja sowieso Funkstille.

Katinka erzählte, dass sie nach Dienstschluss öfter hier sitzt um den Tag zu verarbeiten. Sie glaubt, dass der Sonnenuntergang, ihr soviel Kraft geben kann, wie der kleine Tomash den Kindern hilft, um mit der kranken Welt besser klar zu kommen.

Als Tomash und ich dann gegen 23:00 Uhr die Heimreise antraten, habe ich den Katzenkorb mit ihm nach vorn auf den Beifahrersitz genommen, habe mit dem kleinen Tomash ein wenig geplaudert und mit ihm unser nach Hause kommen vorbereitet. Schließlich sollte Susi eingeweiht werden.

Zu Hause angekommen, habe ich Tomash aus der Transportbox gelassen. Susi hat uns draußen erwartet und machte nach uns das Hoftor zu. *„Komm mal mit, wir müssen dir noch etwas sagen"*. Sagte ich zu Susi und setzte mich an den Tisch in unserer Sitzecke.

Susi sagte darauf: „Du meinst, du willst mir noch etwas sagen, Tomash wird ja wohl nicht sprechen können." und stellte das Tablett mit Zitronenlimonade und zwei Gläsern auf dem Tisch ab.

Sie goss dann die Limo in die Gläser, und im selben Moment sagte Tomash: „Na klar kann ich reden" Susi erschrak in dem Moment so doll, dass sie vor Schreck, die ganze Zitronenlimonade neben die Gläser goss.

Susi sagte dann. *„Schon wieder was Neues, ich werde hier in dem Haus und dem Land noch mal verrückt"* Wir waren uns dann auch sehr schnell einig, dass wir dieses kleine Geheimnis für uns behalten und nur hier im Haus miteinander sprechen. Wir waren uns auch dahingehend einig, dass wir den Leuten, von Walt Disney und den

Warner Bros. Filmstudio davon nichts erzählen werden.

Der Countdown tickte, schon am kommenden Freitag wollten sie uns 19:00 im Hotel Esplanade treffen. Was wir nicht wussten, ob wir Tomash mitbringen sollten. Nachfragen wollten wir aber auch nicht. Guter Rat war wieder mal teuer.

Wir hatten noch eine Woche zur Vorbereitung mit den Filmleuten aus Hollywood. Die paar Tage, wollten und sollten wir alle jeder nach seinen Bedürfnissen und Wünschen verbringen.

Tomash ist ein bisschen Boot gefahren und hat an einem Wettrennen teilgenommen, welches von der „The Balaton Sun", einer Ortsansässigen Zeitung, organisiert wurde. Jeder der sich zutraute, den Balaton von Siofok nach Balatonfüred, jetzt Anfang Oktober schwimmend gegen Tomash und mich in unserem Modellbau-Fischkutter anzutreten, durfte mitmachen. Es haben sich auf Grund der schon herrschenden Kälte, auch nur Fünfzehn Leute in

Neopren-Anzügen gefunden, die gegen mich an den Startgingen. Die Prämie für das Ankommen betrug 200 € und für den Sieg gab es sogar 3000 €. Sollte Tomash gewinnen, würde die Gewinnsumme in ein Weihnachts-Waisenhaus gehen, welches zu unserer Stiftung „Tomash-Hilft" gehörte. Ab Montag hatte ich zu tun, denn der Modellbau-Kutter musste umgebaut werden. Wir durften unseren kleinen Motor, zwischendurch nicht auftanken.

Das ging auf Grund der Umweltbestimmungen nicht. Ich musste also einen Tank einbauen, der erstens dicht ist und zweitens groß genug ist, dass der Kutter die fast sieben Kilometer ohne nachzutanken schafft. Babsi hat mir dabei geholfen, während Tomash die letzten Mittagsstrahlen der Sonne nutzte um sich im Gras zu räkeln. Ich glaube, für Max waren das die letzten Tage wo er mit Tomash gemeinsam im Garten spielte. Er blieb eine Hauskatze, lag am Kamin und liebte die kuschelige Wärme, die der Kamin ausstrahlte.

Babsi konnte mir sehr mit ihren Handwerklichen Tricks helfen. Wir beide waren so schnell, das der Modellbau-Kutter sogar noch einen frischen Anstrich bekam. Wir haben ihn Dunkelblau gestrichen und mit Gold verziert, ganz genau, wie sein Kissen, auf dem er während seiner Bootsfahrten lag. Der Kutter ist auch erst Mittwoch trocken gewesen, so dass wir Glück hatten, überhaupt starten zu können.

Am Mittwoch wurden dann der kleine Tomash und ich mit meinem blauen Edel-Kutter von Babsi abgeholt. Schon auf der fahrt zum Strand, von wo es losging, wurden wir von den Leuten beklatscht. Mittlerweile kannten uns durch das Fernsehen und durch Zeitung und Radioberichte fast jeder. Es war auch mittlerweile so, dass wir ohne

Autogrammkarten nicht mehr aus dem Haus gegangen sind. Darauf zu sehen waren Tomash der Wunder Kater, sein Freund Max, meine Frau Susi und ich. Unten drunter stand *„Tomash und seine neue Familie"*, genau wie das erste Buch hieß, welches vor diesem Buch erschienen ist. Als wir am Strand ankamen, überraschte uns Gabor, unser Freund und Lieblings-Csardas-Wirt und Alexander, der mittlerweile die Wondercat-Bar mit dem Sohn von Gabor führte, mit einer Startberechtigung. Beide hatten schon ihren Neopren Anzug an und frierten schon, bevor sie im Wasser waren. Sie klapperten so doll mit ihren Zähnen, man konnte das gesprochene Wort nicht verstehen.

„w, w, wa, wann, ge, g ,geht, da, d, das den los hi, hier"? fragte Gabor zum Beispiel. Sie gingen aber dann in das „Starterzelt", dort konnten sie sich unter eine warme Dusche stellen und Heizpilze hatte man für die fünfzehn Mutigen auch aufgestellt.

Wir, Babsi und ich, haben unser Modellbaukutter zu Wasser gelassen und sind in das kleine Beiboot mit Motor geklettert. Mit bei uns war ein Fotograf der „The Balaton Sun", ein Jury Mitglied vom Ungarischen Schwimmverband, Babsi, die das Boot steuerte und ich, der mit Fernbedienung mein Modellbau-Kutter an das andere Ziel bringen sollte. 12:00 Uhr war Start. Es ging auch gleich los. So viel Pünktlichkeit, habe ich von den Ungarn gar nicht erwartet. Wir sind das ganze erst einmal langsam angegangen, haben erst alle Schwimmer starten lassen und wollten, dann alle nach und nach überholen.

Das war aber gar nicht so einfach. Unser Kutter kam einfach nicht auf Geschwindigkeit. Wir fuhren das erste Drittel nur hinterher. Ich konnte aber auch kein Vollgas geben, das hätte auf Dauer den kleinen Modellbaumotor überhitzt und ich hätte aufgeben müssen. Überhaupt war es so, dass wir den Motor noch gar nicht richtig getestet haben, denn die paar Runden, die wir im Modellbau-Sport-Verein hier im Hafen gedreht sind, war kein Test, eher eine kleine Spielerei.

Nach ungefähr 2 Kilometer, musste der erste Schwimmer aufgeben, es war ein ehemaliger Langstreckenschwimmer, aus dem Ungarischen Nationalkader.

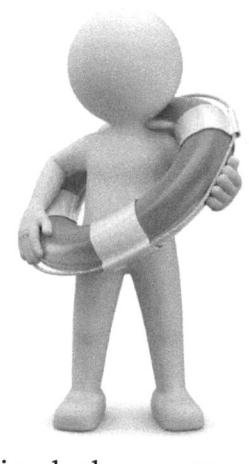

Allerdings war seine Aktive Zeit, von 1963 bis 1970. Die Kälte machte ihm zu schaffen. Er wurde dann eingesammelt und an Bord einer kleinen Yacht erst einmal aufgewärmt.

Wir haben uns am Ziel noch kurz unterhalten können. Ich fand seine Einstellung gut, denn er war trotzdem Stolz auf sich und würde es jederzeit wieder tun., erzählte er mir.

Unsere beiden Freunde, Gabor und Alexander hielten sich gut im Mittelfeld. Ich bin mit meinem Minikutter irgendwie nicht hinterhergekommen.

Ab der Hälfte des Rennens, also nach etwa drei Kilometer, schwächelten die verbliebenen Schwimmer ein wenig, so dass ich aufholen konnte. Tomash hatte es am besten, er war der Star, brauchte sich nicht ansträngen, wurde bejubelt und gewonnen hat er sowieso, egal wie dieses Rennen ausging. Babsi und ich hatten aber auch unseren Spaß. Wir die eigentlich die Gegner, der Schwimmer waren, feuerten Gabor an, der mittlerweile letzter der Schwimmer war. Das Alter hat ihn besiegt. Aber Alex, der schwamm mit zwei anderen an der Spitze mit und hielt sich Tapfer.

Den letzten Kilometer schwammen dann zwei Rettungsschwimmer und Alex allein vornweg. Sie gaben einfach alles. Babsi fragte zwischendurch: „Ob die auch unter Wasser schwitzen?" ich habe mich bald totgelacht und fast vergessen unseren Kutter zu lenken. Da ich den kleinen Motor bis auf das letzte ausgereizt hatte, konnte ich zum Schluss nicht mehr mithalten. Während ich gleichbleibend schnell blieb, konnten die drei an der Spitze noch eine Schippe drauf legen    und enteilten unserem kleinen Kutter. Das andere Ufer war jetzt schon gut zu sehen. Es waren nicht viel Zuschauer, die uns empfangen haben, aber ungefähr dreißig Leutchen haben auch zum Strand gefunden. Ein Ungarisches Fernsehteam berichtete auch vom Zieleinlauf und machte durch geschickte Kamera Einstellungen und durch nachträgliche Tonbearbeitung ein großes Event aus der dem kleinen Wettschwimmen. Wir haben am Abend den Beitrag in Gabors Csardas Restaurant gesehen und man hätte den Eindruck gewinnen können, es waren mehrere hundert Menschen dagewesen. Das wir bei Gabor gefeiert haben hatte auch einen Grund, denn der Gewinner war Alex, der sich im Schlussspurt gegen die beiden Rettungsschwimmer durchsetzen konnte. Was wir alle nicht wussten, nicht mal seine Freundin Viktoria wusste es, dass er mehrfacher Meister im Langstreckenschwimmen während seiner Zeit beim Österreichischen Bundesherr war und er sogar drei Mal das legendäre Neusiedlersee-Langzeitschwimmen im Österreichischem Burgenland gewonnen hatte. Die beiden Ungarischen Schwimmer waren zwar traurig, aber es

konnte jeder mitmachen, das wussten sie. Sie waren auch mitgekommen, und zumindest im Wein trinken, haben sie Alex besiegt. Alex hat dann sogar seine Siegprämie unserer Stiftung übergeben. Alles zusammen war es mal wieder eine gelungene PR Aktion für Tomash und für die Stiftung, aber auch für die Gemeinde Zamardi.

Da ja jeder machen konnte was er wollte, haben Babsi und ich ordentlich ein gepichelt. Natürlich nicht ohne Grund, den konnten wir zumindest zu Hause verkünden. Babsi, die ja fast zwei Meter groß war und einen ordentlichen Stiefel abkonnte, hat mich, der mit Alkohol nicht mehr so klarkam, unter die Arme genommen. Tomash lief wie immer voraus, den Weg kannte er ja auswendig. Am Brunnen vom Museumsdorf, machten wir eine Pause, und philosophierten über die Zukunft. Was da genau gesprochen wurde, weiß ich nicht mehr. Ich kann auch nicht sagen, ob Tomash gesprochen hat.

Zu Hause angekommen saßen unsere Frauen, Susi und Judith halb nackt im Wohnzimmer und präsentierten sich gegenzeitig in ihren gekauften kleinen Schwarzen Kleidern, denn wir durften zwei gute Freunde zum gemeinsamen Essen mit den Filmleuten mitbringen. Da haben die beiden natürlich die Chance genutzt und sind Schoppen gefahren. Babsi und ich haben noch einen Whiskey getrunken und sind dann schlafen gegangen. Die beiden blieben natürlich bei uns, denn Judith hätte auch nicht mehr fahren können. Am nächsten Morgen musste ich mir erst einmal einen langen Vortrag von Susi anhören. Wegen dem Tomash, der aber auch zu meinem Glück abgestritten hat, dass er gesprochen hat.

Susi machte Frühstück, ich setzte mich dazu und haute gerade ein frisch gekochtes Ei auf, als Susi und ich ein lautes Lachen aus dem Gästezimmer vernahmen. Kurz danach kam Judith aus dem Zimmer und lachte immer noch. Wir fragten, warum sie so lacht.
Sie sagte und sah mich dabei an: „*Alle Achtung, wieviel habt ihr denn getrunken, oder habt ihr auch was geraucht.*"
Ich bekam eine hochrote Birne und fragte Judith: „*Wie kommst du denn darauf*"
Sie musste immer noch lachen und sagte dann aber „*Babsi schwört beinhart, dass heute Nacht, euer Tomash zu ihr gekommen sei und sie mit menschlicher Stimme aufgefordert hat, nicht so laut zu schnarchen.*"
Ich pustete den Kaffee, den ich gerade zu mir genommen hatte, vor Schreck in Richtung Susi, die mir genau gegenübersaß.
Tomash saß hinter dem Türrahmen und

es schien, als wäre er traurig, weil er sich verleugnen lassen musste. Susi war wieder zurück, denn sie musste sich schnell ein anderes T-Shirt anziehen und kickte mit ihrem Fuß immer gegen meinen und nickte auffallend komisch.

Ich habe dann Tomash auf den Arm genommen und sagte zu ihm: „Tomash, was sagt man früh, wenn man das Zimmer betritt?"

worauf Tomash antwortete: „Guten Morgen".

Judith war plötzlich total von der Rolle und rief „Babsi komm schnell her, Mario ist Bauchredner und was für ein Guter".

Susi und ich schauten uns an und zuckten beide mit den Schultern.

Ich sagte dann: *„Nein mal ganz im Ernst, er kann wirklich sprechen, das wissen aber bis jetzt nur wir und ihr beide und wir wollen, dass es auch so bleibt".*

Für Judith als mittlerweile promovierte Tierärztin nicht nachvollziehbar, sie wollte es auch immer noch nicht glauben. Sie sagte dann aber nach einer ganzen weile des in sich Gehens: *„Das dürft ihr auch keinem sagen, denn Tomash ist so schon bekannt, was glaubt ihr, was passiert, wenn das die*

Öffentlichkeit erfährt, das darf nicht geschehen." Ich hatte Tomash noch auf dem Arm, als er sich plötzlich meldet und auch noch etwas zum Besten gab: „Warum darf ich nicht so sein wie ihr? Ihr verdient alle Gelder mit mir. OK, mir geht es auch gut dabei und wir bringen auch positive Energie und Liebe zu den Kranken und den Kindern, das macht mir auch Spaß. Ich verstehe das nicht." Ich versuchte ihm das zu erklären, in dem ich sagte: „Weißt du was Tomash, du kennst nur uns, wir sind lieb zu Dir und sorgen für dich, aber da draußen gibt es Menschen, die dich dann entführen, weil sie auch Geld mit Dir verdienen wollen und die achten nicht darauf, ob es dir gut geht. Die es böse mit dir meinen, lassen dich arbeiten, bis du nicht mehr kannst. Glaube uns einfach mal"

Es war nach Tomashs und meiner Rede sehr ruhig am Tisch, uns standen sogar Tränen in den Augen. Tomash sah es ein und schwor mit keinem anderen zu sprechen, als mit uns.

Es war natürlich für alle eine große Herausforderung. Einerseits wollte man uns und den kleinen Tomash schützen und andererseits, wollte man am liebsten allen erzählen, was man für einen wundersamen Kater kennt oder hat.

In dieser Zeit habe ich den Max beneidet, er war so unbedarft, hat alles nicht verstanden, ihm ging es gut, er war gesund und hatte auch sonst keine Probleme, sieht man mal von seinen altersgerechten kleinen Zipperlein ab.

Babsi und Judith sind dann nach Hause gefahren. Wir verabredeten uns noch, dass sie uns am Freitag gegen 18:00 Uhr hier mit dem Taxi abholen und wir dann gemeinsam in das Hotel Esplanade nach Siofok, zu dem Essen mit den Filmleuten aus Hollywood fahren.

Der Rest vom Donnerstag, ist nicht weiter erwähnenswert. Den haben wir beide und soweit ich mitbekommen habe, hat Tomash und Max sowieso, auch nur herumgelegen.

Freitag frühstückten wir gemeinsam. Ich habe Zeitung gelesen und dort stand, dass heute eine Abordnung aus Hollywood kommt um mit uns über Filmrechte verhandeln wollte. Ich erzählte das auch Susi, die hatte aber ganz andere Probleme, denn sie saß weinend im Schlafzimmer, hatte ihre drei gekauften neuen Kleider am Schlafzimmerschrank hängen und konnte sich nicht entscheiden, welches sie anziehen soll.

*„Du Schatz, die Zeitung will wissen, dass man uns eine siebenstellige Summe, für ein Gesamtpaket bieten will."* sagte ich.

Susi hörte gar nicht zu, dafür aber Tomash, der jetzt glaubte, dass wir ihn verkaufen wollen. Er sah seinen letzten Tag bei uns kommen. Er wurde sogar ein klein wenig wütend und beschimpfte uns dahingehend, dass wir auch nur an das Geld denken. Ich habe mich dann mit Tomash zurückgezogen und ihm alles ganz genau erklärt. Ich sagte sogar, wenn das Gesamtpaket so groß ausfällt, dann könnten wir zu Hause bleiben, nur noch Minikutter fahren und er könnte sich das beste und edelste Katzenfutter wünschen und das jeden Tag. Tomash überlegte, und sagte nein zum Gesamt Paket, denn die Besuche in den Krankenhäusern und Kinderheimen möchte er nicht mehr missen, erzählte er mir. Seine Entscheidung verwunderte mich eigentlich nicht, im Gegenteil, ich hatte schon ein wenig damit gerechnet, weil die soziale Komponente, bei uns im Mittelpunkt der täglichen Arbeit stand und er begriffen hatte, worum es bei unseren Besuchen in den Krankenhäusern, eigentlich geht. Geld spielte bei ihm ja sowieso eine untergeordnete Rolle, da er ja kein eigenes hatte und es auch nicht ausgeben konnte. Bei mir und Susi, war das natürlich anders, wir mussten schon zusehen, wie wir unsere Unkosten, die durch viele Reisen entstanden sind, auch wieder reinbekommen.

Plötzlich hupte es vor dem Haus, Judith und Babsi waren da und der Taxifahrer schien es eilig zu haben. Das Anziehen musste jetzt schnell gehen. In zehn Minuten waren wir drei fertig und standen vor dem Taxi.

Max stand in der Tür, und schaute uns an, als würden

wir von einem anderen Stern kommen. Er ging auch gleich wieder ins Haus, ich denke er glaubte an einen Traum. Judith hatte sich schick gemacht, was ich ihr gleich mal sagen musste, worauf sie

mich Maßregelte und mir den freundlichen Tipp gab, auch mal meine Frau anzuschauen.

Wow, ich habe sie fast nicht wiedererkannt. Also doch das kleine Schwarze, dachte ich. Ich war Stolz auf Susi.

Der Taxifahrer, sagte, dass wir alle gut aussehen würden und wir aber losmüssen, sonst würden wir zu spät kommen. Tomash musste in seine Katzenbox ich durfte vorn beim Fahrer sitzen und die drei Grazien saßen auf der Rückbank.

Die Fahrt dauerte nur eine viertel Stunde. Wenn der kleine Hügel nicht vor dem Küchenfenster wäre, hätten wir das Hotel Esplanade auch sehen können. Die Hotelanlage ähnelte ein wenig dem Spanischen Baustil, viele überdachte Terrassen. Hier ein Türmchen und da ein Türmchen, fast ein wenig zu verspielt. Die Hoteleinfahrt war relativ eng, da sich die, schon vor vielen Jahren gepflanzten Lebensbäume, immer mehr ausbreiteten.

Der Taxifahrer, den wir auch für die Rückfahrt buchen wollten, wünschten uns noch einen schönen Abend. Er war der Meinung, wir bräuchten höchstens am nächsten Morgen ein Taxi, und gab uns seine Visitenkarte.

Am Eingang standen zwei Oberkellner, die schon auf uns warteten, denn sie sollten uns zu unserem bestellten Tisch bringen. Der Taxifahrer kam noch mal zurück und sagte: „Einen kleinen Wunsch müssen sie mir aber gewähren. Lassen sie mich bitte etwas in Tomashs Ohr sagen."

Den Wunsch konnten wir natürlich nicht abschlagen. Danach brachten uns die beiden Oberkellner, die in ihrem Frack wie Pinguine aussahen. Als wir vor dem Tisch standen, fehlten uns die Worte

Wir standen davor und trauten uns nicht Platz zu nehmen. Tomash hat auch seinen Platz gefunden. Für ihn hatte man schon serviert. In einer kleinen goldenen Schale roch es verdammt nach seiner Lieblingsspeise, es gab frische Brüstchen vom Vögelchen. Mittlerweile gesellten sich vier gesetzte ältere Herrschaften zu uns und stellten sich, als Abordnung der Warner Bros. Filmstudios vor. Der jüngste der Reisegruppe war aber Herr Miller vom Walt Disney Konzern. Überraschend sprachen alle vier ein verständliches Deutsch, was aber daran lag, dass sie gar nicht aus der US Firmenzentrale kamen, sondern aus der Europazentrale Paris und da gehört es zum guten Ton, Deutsch zu können, erzählte uns der Herr Miller, der allerdings, der Schwiegersohn des Disney Besitzers in den Vereinigten Staaten war. Bezeichnender Weise trug er Mickymaus am Kragen. Was gar nicht mal so schlecht war, denn nun brauchte ich mich mit meinem schwarzen Tomash Fan T-Shirt unter dem Sakko nicht mehr zu schämen.

Nach einem kurzweiligen Smalltalk und dem gegenseitigen vorstellen kam plötzlich der kurz aufgestandene Herr Miller, mit der österreichischen Sterneköchin Sabrina Gschnitz an den Tisch zurück und sagte: „Meine *verehrten Gäste und Geschäftspartner, wie sie sehen, haben wir keine Kosten und Mühen gescheut, diesen Abend vollends zu einem Erfolg werden zu lassen. Begrüßen sie Sabrina Gschnitz"* Es gab Beifall, obwohl wir noch keinen Happen gegessen haben und allmählich bekam ich auch Hunger. Wir kannten unsere heutige Gastköchin natürlich und waren schon vorn weg verzaubert. Nur Tomash, kannte sie nicht, denn er hatte keinerlei Respekt vor Frau Gschnitz. Er hatte nämlich nichts Besseres zu tun, während sie die 5-Gängige Menüfolge erklärte, mit den Schnürsenkeln von Frau Gschnitzs Schuhe zu spielen. Hätte einer von den beiden Pinguinen nicht aufgepasst, wäre es wahrscheinlich zu einem Eklat gekommen.

Das 5 Gang Menü war ein voller Erfolg. Es gab:

Blattsalate mit Walnussdressing und
Sesamkaninchenrücken


Petersilienschaumsüppchen mit Topfennockerl


Geschmortes Kalbsbackerl auf
Blumenkohlmousseline


Lammrücken rosa gebraten an Ratatouille
Strudel, Kartoffel- Bohnengröstl und
Thymianjus


Powidltascherl an Radlersabayone.


Wir haben lange von diesem explosiven
Geschmackserlebnis zehren können.
Dann wurden wir gebeten im
Kaminzimmer Platz zu nehmen. Es war
eine himmlische Atmosphäre. Das Holz

knackte im Kamin und es war merkwürdig still im Raum. Alles Holzgetäfelt und mit einem dicken weinroten Teppichboden ausgelegt. Ich nahm mir mit Babsi einen Whiskey, woraus die Filmleute schlossen, das wir uns schon einig sind. *„Na dann können wir ja zur Vertragsunterzeichnung kommen"*, sagte Herr Miller von Disney. Es entstand, durch dieses Missverständnis hervorgerufen, eine Pause, welche die Filmleute dazu nutzten, sich einen Bourbon einzuschenken. Dann erklärte aber doch der Herr Miller die Formalitäten. Wir würden alle Rechte an Warner Bros. Und Walt Disney abtreten, würden aber im Gegenzug 10% aller getätigten Umsätze bekommen und das ohne einen Finger krumm machen zu müssen. Susi, ich und auch Tomash, mit dem ich immer in Blickkontakt blieb, fanden das aber zu wenig. Darauf erklärte Herr Miller, dass sie mit dem Garfield, zu seiner Zeit, 223 Mill. Dollar Umsatz gemacht haben und 10% Prozent wären nach Steuern ungefähr 11 Mill. Dollar für uns.

Ich fragte was aus Tomash wird. „Na der bleibt selbstverständlich bei ihnen und sie können auch weiterhin die Besuche in Krankenhäusern usw. mit ihm fortsetzen. Aber Mitsprache bei Filmen, Kino und TV- Werbespots oder Merchandising, haben sie, wenn sie unterschrieben haben, nicht mehr. Der Blickkontakt sagte mir, ok, wir unterschreiben. Ich wollte noch wissen, was aus meinem Modellbaukutter wird, worauf Herr Miller nur antwortete. *„Vergessen sie den alten Holzkutter, sie werden Probleme bekommen, die ganze*

*Kohle auszugeben.*" Als wir dann unterschrieben haben, war ich so aufgeregt, dass ich beim schreiben gezittert habe. Danach haben wir mit dem edelsten Champagner angestoßen, den das Hotel Esplanade in Siofok bieten konnte.

Wir haben dann noch ganz lange zusammengesessen, die Filmproduzenten haben uns ein paar Einblicke gewährt und auch der Taxifahrer sollte recht behalten, denn wir haben selbstverständlich in der zweitbesten Kategorie übernachten dürfen. In der besten Suite nächtigte natürlich der Herr Miller.

## VIERTES KAPITEL

Als wir uns zum Frühstück getroffen haben, waren nur noch Babsi, Judith, Susi und ich da. Die Filmleute waren schon abgereist. Plötzlich sahen wir uns

alle an und fragten fast alle zur gleichen Zeit: „Wo ist Tomash?"
Wir haben im ganzen Hotel, unter zu Hilfenahme des Hotelpersonals gesucht. Kein Tomash war zu finden. Wir haben uns dann in die Hotellobby gesetzt und haben versucht, einen von den Filmleuten am Telefon zu erreichen. Man hörte es zwar Klingeln, aber es hat keiner abgenommen. Ein Zimmermädchen kam mit einem Rollwagen vorbei und fragte, ob wir einen Kater suchen, wenn ja, dann sollten wir mal im Zimmer 13 nachsehen, da liegt ein kleiner frecher Kater im Bett. Wir sind aufgesprungen und haben erst einmal Zimmer 13 gesucht, welches nicht vorhanden war.

Babsi sagte, „schau mal, hier an der Tür kann man noch die Umrisse von einer 13 erkennen, die haben bestimmt das Zimmer 13 nicht mehr vermietet."
Wir haben ganz leise geklopft, haben die quietschende Tür aufgemacht und haben unseren Tomash vergnügt im Bett umherspringen sehen.
Ich habe ihn gefragt warum er nicht geantwortet hat, denn er hat uns doch bestimmt rufen hören. Darauf sagte er

ganz trocken zu mir: „*Ihr sagt doch immer, ich darf nicht reden*"

Er machte mich richtig wirr, mit seinem herumspringen.

Er fühlte sich auch sichtlich wohl dabei. „Wer hat dich eigentlich hier reingelassen", fragte ich ihn. „Na der Herr Miller" sprach er und sprang wieder im Bett umher. Wir sind dann unten und Frühstücken, sagte ich zu ihm. Ich bin dann zu Susi und unseren Freunden und habe erst einmal gefrühstückt.

Die Frühstückskellnerin kam zu uns an den Tisch und gab mir einen geschlossenen Briefumschlag. „Den soll ich ihnen noch geben" sagte sie und verschwand wieder in Richtung Rezeption.

Ich machte den Umschlag auf und war sprachlos. Im Umschlag war ein handgeschriebener Brief, in dem sie sich bei uns noch einmal bedankt haben. Der Abend wäre wunderschön gewesen und als kleinen Dank für die äußerst fruchtbaren Verhandlungen, hat er noch etwas beigelegt. Ich sah nach und jetzt war ich erst recht sprachlos. Die Filmleute haben einen Scheck beigelegt, der wie sie schrieben, eine Art Vorschuss ist. Ich drehte den Scheck ganz langsam um und dort sah ich eine zahl mit sechs Nullen hinten dran.

Ich konnte nicht mehr Frühstücken, mir war regelrecht schlecht. Wir haben uns dann auch unser Taxi gerufen. Tomash, dem wir das alles eigentlich zu verdanken hatten, spielte vor dem Hotel mit dem Gärtner, der gerade dabei war das bunte Herbstlaub zusammenzufegen. Tomash muss aber an diesem Tag einen Clown gefrühstückt haben, denn immer, wenn der Gärtner die Schubkarre voll hatte, ist Tomash reingesprungen und hat das ganze Laub wieder verteilt. Der Gärtner war genauso am Verzweifeln, wie ich oben in  Zimmer 13, als Tomash im Bett hin und her gesprungen ist. Aber dem kleinen Kerl konnte man nicht böse sein. Der Gärtner jedenfalls, hatte selbst seinen Spaß mit Tomash.

Der Taxifahrer war auch wieder derselbe, der uns gebracht hatte. Wir saßen noch gar nicht ganz in seinem Auto, da erzählte er, dass der Wunsch schon geholfen hat. Ich erklärte ihm aber dann, Wünsche die in Tomashs Ohren gesprochen werden, dürfen nie laut erzählt werden, weil sie sonst ihre Wirkung verlieren.

Babsi und Judith haben uns rausgelassen und sind dann mit dem Taxi weitergefahren.

Die beiden machten sich anscheinend jetzt große Sorgen, ob unsere Freundschaft bestehen bleibt, denn die Beiden verabschiedeten sich mit der Frage: *„Ob unsere Freundschaft so viel Geld aushalten kann, wenn der eine welches hat und der andere nicht.? Na wir werden sehen"* und fuhren dann davon.

Wir waren noch gar nicht ausgezogen, da klingelte es schon an der Haustür. Janosch und Susza, unsere lieben Nachbarn, wollten wissen wie es gelaufen ist.

Ich dachte, am Montag steht es eh in allen Zeitungen, da kannst du es auch erzählen. Janosch machte dann auch so eine komische Bemerkung, das er meinte oder glaubte, wir würden jetzt nicht hier wohnen bleiben und größere Ziele verfolgen, was ja völlig Normal währe und so weiter.

Als beide wieder weg waren, sagte ich zu Susi: *„Jetzt haben wir erst ein paar Stunden das Geld, oder man kann auch sagen, wir sind Reich und nichts ist mehr so wie vorher."*

Am Wochenende haben wir uns ganz eingeschlossen und waren für niemanden zu sprechen. Montag früh habe ich mich zum Briefkasten geschlichen und habe erst einmal die Zeitung gelesen. Die Überschrift war: „Wird Zamardi jetzt ein Ort für Millionäre?" und darunter ein Foto, mit einem Koffer voller Dollarscheine.

Und das war alles nur der Anfang.

Wir sind dann am Montag noch zu unserer Hausbank gefahren und wollten den Scheck einlösen. Wir hielten draußen auf dem Kundenparkplatz, da lehnte sich ein angetrunkener Proll aus dem Beifahrerfenster, seines verrosteten alten Lada 2107, pöbelte uns an und fragte warum wir noch keinen Rolls Rolls fahren und wo denn unser Fahrer währe. Susi und ich haben nicht auf den betrunkenen Proll reagiert und sind dann in die Bank gegangen. Als wir durch die selbstöffnende Glastür gegangen sind, hatte ich ein Gefühl, als würden mich tausende spitze Nadeln durchbohren, weil alle Blicke auf uns gerichtet waren. Der einzige der uns erst einmal rettete, war der Filialleiter, der uns in sein Büro holte. Er machte für uns einen Kaffee und wir haben uns, weil wir zu ihm vertrauen hatten, sehr lange unterhalten. Seine zweite Frage war aber, die nach Tomash. Wir erzählten ihm, er währe zu Hause und da währe er auch sicher. Daraufhin warnte er uns und sagte: „Sie müssen aufpassen, denn auch in Ungarn gibt es Spitzbuben, die durch wenig Arbeit reich werden wollen. Wupps, dachte ich, wie meinte er das jetzt, etwa reich werden ohne Arbeit, so wie ich und hätte ich nicht jetzt die Pflicht auch wieder etwas zurückzugeben, weil der Tomash eigentlich ein Einheimischer aus Zamardi ist. Oder sehe ich jetzt überall Gespenster und nur noch Feinde, die nichts Gutes von uns wollen.

So und ähnlich gestalteten sich die kommenden Wochen. Wir sind nicht mehr aus dem Haus gegangen, haben uns zurückgezogen und sogar alles was wir zum Leben brauchten, wie beispielsweise Lebensmittel, über Telefon und Internet geordert. Da war es dann aber so, gerade weil wir Essen bestellt haben, dachten die Leute: „Jetzt sind sie Neureich und lassen sich alles nach Hause liefern. Wir hatten zunehmend den Eindruck, egal wie wir es machen, machen wir es falsch.

Besucht hat uns in dieser Zeit aber auch keiner. Wir glaubten, dass unsere Freunde uns beobachten und sehen wollten, in wie weit wir uns verändern.

Wir haben auch unser Haus dahingehend umgebaut, dass es jetzt besser Einbruchgeschützt und besser Alarm gesichert ist. Wobei uns dies vor dem Geldsegen schon geraten wurde, denn die Einbrüche in Häuser hatten am Balaton drastisch zugenommen.

Es war eine schlimme Zeit, auch Tomash, um den wir die meiste Angst hatten, fragte immer öfter, warum wir die Kinder nicht mehr besuchen fahren.

Es musste sich etwas ändern. Ich habe sogar gefragt ob ich wieder Granitplatten verkaufen kann, aber mein damaliger Chef, mit dem ich gut konnte, war der Meinung, ich würde mich jetzt nicht mehr richtig motivieren können. Ich hätte doch jetzt so viel Geld, wozu ich noch arbeiten will.

Keiner hat uns verstanden.

Mitte November, haben wir drei, also Tomash, Susi und ich beschlossen, dass wir wieder Kindereinrichtungen, vom Krankenhaus bis Kinderheim, besuchen wollen.

Gerade jetzt vor Weihnachten stapelten sich die Anfragen für diverse Weihnachtsfeiern. Wir haben uns die zehn wichtigsten Anfragen herausgesucht, haben uns ein richtig großes Wohnmobil gekauft und sind wie man landläufig sagt, mit Tomash auf Tournee gegangen.

Susi hat in kürzester Zeit die Tour geplant, so dass wir nicht jeden Tag soviel fahren mussten und wie an der Perlenschnur aufgefädelt, die Orte nur abfahren brauchten. Schon die Vorbereitungen machten wieder Spaß.

Als es dann ende November losging, hatten wir sogar noch ein junges Pärchen von der Musikhochschule gewinnen können, mit uns auf Tournee zu gehen. Er spielte Knopfharmonika und Gitarre, sie spielte nur Gitarre, aber beide zusammen haben hervorragend gesungen, was auch ihr Hauptfach an der Hochschule für Theater und Musik in Budapest war. Sie nannten sich Vero & Veronika.

Eigentlich waren sie Ende November nur ein Paar auf der Bühne, aber als wir die Weihnachtstournee, kurz vor Weihnachten mit Vero & Veronika beendet haben, hatte Amors Pfeil dann doch noch getroffen. Sie hatten übrigens auch ein Wohnmobil, wenn auch älter und öfter mal defekt.

Es wurden die schönsten vier Wochen, die wir seit Jahren erleben durften. In jeder Stadt war mehr Trubel. Es kamen auch wieder TV-Teams, aber wir hatten nicht den Eindruck, das sie wegen uns gekommen waren, im Gegenteil, denn die Kinder waren die heimlichen Stars und irgendwie nicht mehr unser Tomash. Dem machte das aber nichts aus, es schien ihm sogar richtigen Spaß zu machen. Wenn Vero & Veronika ihre Weihnachtslieder mit den Kindern gesungen haben, dann saß Tomash auf seinem blauen Samtkissen und es sah so aus, als würde er so manches mal ein Tränchen verdrücken.

Er hatte es eigentlich am schwersten von uns allen, denn er durfte nur Miauen und nicht reden. Wenn wir nachts mit ihm allein im Wohnmobil waren, hat er auch mal was gesagt und so manches mal haben auch Vero oder Veronika gefragt, mit wem wir uns unterhalten, aber das konnten wir immer noch wegbügeln. Ausrede war dann immer das Radio.

Während der vier Wochen haben zwei Journalisten mal nach unserem Vermögen gefragt, sonst war eigenartig alles still, nur dass eben der Hype in jeder Stadt vor den Kinderheimen oder Krankenhäuser immer größer wurde. Zum Schluss haben wir sogar noch drei Termine dazwischenschieben müssen, denn das Ungarische Staatsfernsehen war wieder mit dabei. Vor der letzten Station in Kesthely, wurde uns gesagt, die Veranstaltung hat uns die Stadt freundlicherweise abgenommen, weil sie nicht wie geplant im örtlichen Kinderheim, sondern in der Stadthalle stattfinden soll. Wir hätten im Kinderheim ungefähr 100 Kinder und Jugendliche bespaßen können, aber in der Stadthalle will man, das 5000 Kinder kommen können, erzählte der Bürgermeister.

Was hätten wir tun sollen? Absagen? Das ging nicht. Wir konnten und wollten unsere Kinderfans nicht enttäuschen. Also beugten wir uns dem Gewicht der Fans. Als wir anreisten, waren auch schon die ersten hundert Kinder, zum Teil mit ihren Eltern gekommen, da und warteten geduldig am Eingang der Halle, um die besten Plätze an der Bühne zu bekommen. Was wir nicht wussten, dass auch andere Künstler mit uns zusammen auftraten. Mir fällt es heute noch schwer uns in diesem Fall auch als Künstler zu bezeichnen. Allenfalls waren wir Statisten, die zur Abrundung des Programmes beigetragen haben.

Als ich aber ein Plakat gesehen habe wer der Hauptsponsor war, wurde Susi und mir einiges klar. Der Gute Herr Miller von Disney hat quasi diese Veranstaltung gekauft um seinen im Frühjahr erscheinenden Film „Tomash the Wondercat" zu promoten. Er hat recherchiert und zum Beispiel unseren Freund Laszlo den Teufelsgeiger und Simona eingeladen. Simona ist mal mit ihm in unserer Wondercat-Bar aufgetreten und hat auch eine Violine gespielt. Heute sind beide ein Paar und treten auf Festivals in ganz Europa auf. Als wir uns hinter der Bühne im VIP Bereich trafen, gab es ein tränenreiches Wiedersehen.

Auch den Herrn Miller trafen wir dort wieder. Er hat sich auch gleich entschuldigt, aber ich habe ihm auch abgenommen, das nicht viel Zeit war. Wenn er erst jeden hätte fragen wollen, wäre die Veranstaltung auch erst im Januar und nicht wie jetzt am 22. Dezember aufgezeichnet worden. Viele von den Künstlern kannten uns gar nicht und schüttelten zum Teil den Kopf, wenn sie mich mit Tomash an der Leine sahen. Aber einige, die uns kannten, flüsterten dem Tomash einen Wunsch in

die kleinen Fellohren, was noch mehr
Unverständnis hervorrief.

Unsere Hauptaufgabe war, die ganze
Veranstaltung zu eröffnen und dann
zwischen jedem künstlerischen Beitrag
eine Nummer aus einer Los Kugel zu
ziehen. Diese Nummer stand auf dem
Werbeflyer, den jeder am Eingang zur
Stadthalle bekommen hat. Jeder der
gezogen wurde, durfte nach vorn auf die
Bühne kommen, sich ein Geschenk von
den zahlreichen Sponsoren abholen und
was viel wichtiger war, jeder durfte den
echten Tomash streicheln und natürlich
einen Wunsch in seine Ohren flüstern.

Als die Veranstaltung losging, tobten
schon die ganzen Kinder und was mich
erstaunte, auch die mitangereisten
Erwachsenen kriegten sich nicht wieder
ein.

Über der Bühne hatte man ein überdimensionales Plakat vom im Frühjahr anlaufenden „Tomash-Film" aufgehängt. In einer der wenigen Minuten, wo ich mit Tomash allein war, fragte er mich zurecht, wer denn der Kater da auf dem Plakat ist. Tomash war wirklich nicht wiederzuerkennen. „Da hat der Plakatgestalter aber zu viel Fantasie gehabt." Sagte ich zu Herrn Miller, als ich ihn für kurze Zeit aus dem VIP Bereich kurz entführen konnte. Er habe sich das auch schon gedacht, sagte er und versprach es zu ändern. Der kleine Tomash hatte genauso wie ich ein merkwürdiges Gefühl. Uns war das alles zu viel des Guten, aber es war auch typisch amerikanisches, eben alles eine Nummer zu groß. Auf dem Plakat stand auch noch etwas von einem Überraschungs-Stargast aus den USA. Ich bin extra noch einmal den langen Flur entlanggelaufen und habe an den Türen geschaut, welcher Name auf den Schildern steht. Einen Namen kannte ich nicht. Eine von den Ballett-Tänzerinnen sagte mir dann es wäre das US- Teeny-Idol „Jeff Friendly" welches hier bei uns die große Überraschung spielen sollte. Er kam natürlich erst zum Schluss auf die Bühne und erntete weitaus weniger Konzertbeifall, wie alle anderen Künstler. Er war auch danach gleich wieder verschwunden. Ich hatte mal den Namen irgendwo gelesen, aber ein Superstar war er für mich nicht.

Ich denke für Herrn Miller von den Disney-Film-Studios war das eine gelungene Inszenierung und für die vielen Kinder auch eine gelungene vorweihnachtliche Überraschung. Vor allem, für die Kinder die mit Bussen aus entfernten Kliniken und Kinderheimen anreisen konnten. Aber wieder hat man die vergessen, um die wir uns bei unseren Besuchen eigentlich ganz besonders gekümmert haben, denn das waren die, die schwer krank waren und nicht reisen konnten beziehungsweise durften.

Wir saßen zwar noch bis in die frühen Morgenstunden zusammen, wie es unter Künstlern oft praktiziert wird, aber Susi und ich waren sehr traurig. Wir dachten, weil Kesthely die letzte Station unserer Kinder-Tour war und die Entfernung bis zu uns nach Zamardi nur noch ein

Katzensprung war, dass wenigstens einige von unseren alten Freunden vorbeikommen würden. Janosch und Susza, unsere Nachbarn, waren die einzigen mit denen wir noch Kontakt hatten. Sie schauten immer mal nach dem Haus und lehrten regelmäßig unseren Briefkasten, der wie sie sagten, jeden Tag übervoll war. Sie berichteten am Telefon auch davon, dass fast jeden Tag irgendwelche Leute, sich als Verwandtschaft ausgaben und uns sprechen wollten. Als wir wieder zu Hause waren, stellte sich heraus, wir haben doch ganz viel Freunde, das waren zwar neue Freunde, die uns von irgendwo her kannten und gerade in einer finanziellen Zwickmühle waren, aber davon hatten wir jetzt sogar ganz viele.

Tomash war der einzige der sich auf sein zu Hause gefreut hat, denn er hatte nun auch seinen Freund Max wieder, der von Susza sehr gut gepflegt wurde. Der Kleine, hatte sich ein richtiges kleines Bäuchlein zu gelegt. Was er aber bald wieder verloren hatte, denn Tomash, sein Kumpel zum herumtollen, war ja wieder da.

Max (der echte Hauskater von Mario und Susi-alias Inge)

Mit Max haben wir ab und zu unsere Späße gemacht. Hier Max und die Spielzeugmaus 😊

In der Weihnachtswoche habe ich und Susi das Haus schön geschmückt. Wir haben, obwohl wir nicht wussten, für wen wir das ganze betreiben, sogar unsere zwei kleinen Tannen mit Kugeln und Lichterketten geschmückt. Auch das Rentier habe ich wieder aufgestellt und zum Leuchten gebracht.

Als wir alles fertig hatten, haben wir unsere Post, die zu 80% aus Bettelbriefen bestand, durchgelesen. Na ja, man sollte besser sagen, ich und Susi haben grob sortiert und zwischendrin einen Brief von Andi und Meike gefunden.

Ich muss sagen, das ich richtig Angst hatte, den Brief zu öffnen, denn wenn wir wegen der scheiß Bettelei auch noch die letzten echten Freunde verlieren würden? ....ich weiß nicht was passiert wäre.

Aber als ich den Brief gelesen hatte, mussten wir beide uns zwar trotzdem die Tränen aus dem Gesicht wischen, denn Fritz, auch ein Persermischling, war aus Altersgründen gestorben. Sie liebten ihn auch abgöttisch und es war auch, wie sie geschrieben haben, ein derber Verlust. Um mal abgelenkt zu werden haben sie beschlossen Weihnachten bei uns in Zamardi zu verbringen. Sie hätten schon die Ferienwohnung bei Janosch und Susza angemietet, stand in dem Brief.

*„Wann kommen den die beiden?"* fragte Susi. Ich sagte, nach dem ich auf meinen Kalender im Telefon nachsah: „Eigentlich sind sie schon da"

Im selben Moment klingelte es an der Tür und Andi, Meike und Janosch mit seiner Susza, standen in der Tür und riefen „Fröhliche Weihnachten." Tomash und Max hielten sich, auf Grund des ansteigenden Geräuschpegels im Hintergrund. Sie erzählten, dass sie schon den ganzen Tag unterwegs sind, aber weil es in Rostock so kalt ist und auch Schnee noch dazukam, konnten sie mit der kleinen Maschine der englischen Airline, mit der ich vor drei Jahren auch schon geflogen war, leider nicht starten.

Als wir die langwierige Zeremonie der Begrüßung hinter uns gebracht hatten, setzten wir uns in die gemütliche Ecke des Wintergartens und wollten bei einem Glas Glühwein erst einmal zur Ruhe kommen. Susi und Meike gingen in die Küche und Andi, Janusch und ich gönnten uns erst einmal einen Whisky. Es dauerte auch nicht lange, bis Andi auf die derzeitige bescheidene Situation zu sprechen kam. Er erzählte, dass er bei einem Arztbesuch, die Klatschpresse gelesen hat, die ja bei fast allen Ärzten reichlich auf den Tischen verteilt liegt. Eigentlich liest er solche Zeitschriften ja nicht, sagte er, aber um von seinen Zahnschmerzen abzulenken, hat er doch einen Blick hineingeworfen und zu seiner Verwunderung die dramatische Geschichte eines Millionärs Ehepaares gelesen, welches aus Deutschland ausgewandert ist und am Balaton zu Reichtum gekommen ist. Da stand abgedruckt, dass ihr euch einigelt, nichts mehr mit den anderen Leuten zu tun haben wollt, ihr euch einmauert und euch angeblich auch nicht mehr, zusammen mit Tomash, um die belange der Stiftung kümmern würdet. Ich habe natürlich alles abgestritten, war wütend, habe dann Andi meine ganzen Tankbelege und alle anderen Unterlagen von der Weihnachtstournee vor ihm auf den Tisch geknallt. Und dann sagte ich den verhängnisvollen Satz: „Wenn du es nicht glaubst, kannst du ja Tomash fragen, der natürlich nichts Besseres zu tun hatte, als auf Andis Schoß zu springen und im mit einem: *„Stimmt, das kann ich bestätigen"* seinen Senf dazugeben musste. Meike hatte eine große Schale mit großen geschälten Orangen in der Hand, die sie aber vor Schreck, fallen ließ. *„Auch das noch"*, dachte ich. Nicht dass die Orangen zur Freude von Tomash und Max durch das Wohnzimmer rollten, nein ich dachte nur: „jetzt wissen es wieder ein paar Leute mehr, dass Tomash reden kann."

Meike brummelte beim aufsammeln der Orangen *„Na hier ist ja was los, wir dachten wir können bei euch, auf Grund des Todes von Fritz, etwas entspannen, aber ihr habt ja noch viel mehr Sorgen als wir."* Wir haben dann natürlich den gesamten Abend Probleme gewälzt, kamen aber trotzdem zu keinem vernünftigen Ergebnis. Vor lauter Diskussionen, haben wir Garnichts mitbekommen, wie es draußen begonnen hat zu schneien. Max und Tomash saßen beide am Fenster und schauten verdutzt durch die beschlagenen Scheiben und staunten, was da wohl vom Himmel fällt. Es war nicht der erste Schnee, den sie hier erlebten, aber in diesem Jahr, war es der erste und der setzte beide immer in helle Aufregung. Meike ist dann zu den beiden gegangen und hat die Scheibe etwas klarer geputzt, so dass Max und Tomash besser nach draußen schauen konnten. Im letzten Winter saßen sie auch immer auf der Rücklehne unserer Couch, die am Fenster stand und haben immer gewartet bis die kleinen Blaumeisen kamen und frech wie sie waren, vor den beiden, auf dem Fensterbrett ihr Tänzchen zelebrierten und Max und Tomash zur Verzweiflung brachten.

Da wir alle erst sehr spät in unsere Betten kamen, haben wir natürlich etwas länger geschlafen, aber es war ja eh Weihnachten, da wollten wir eigentlich, wie in jedem Jahr, etwas ausspannen. Tomash aber weckte uns unsanft und saß plötzlich im Bett zwischen Susi und mir und fragte, ob wir schon mal nach draußen geschaut haben. Susi rieb sich die Augen und tippelte zum Fenster, schaute mit Tomash nach draußen und sagte ganz aufgeregt: „Komm her Schatz das musst du sehen." Ich blieb im Bett liegen und antwortete: „Ich glaub das ich den vielen Schnee nicht sehen muss, denn das bedeutet nur viel Arbeit für mich"

In der Tat, hatte es über Nacht mindestens 40cm Neuschnee gegeben. Ich bin dann ganz langsam aufgestanden und wollte ins Bad schlürfen, als die beiden Felltiger immer um meine Beine kreiselten und ich natürlich wusste, was die beiden wollten. Ich habe sie dann erst  einmal nach draußen gelassen, wo sie wie zwei unter Strom gesetzte junge Kater im Schnee umhertollten. Es war ein Heiden Spaß, den beiden zuzusehen. Allerdings durchzog mich eine Eiseskälte bei dem Anblick wie sie durch den Schnee sprangen.

Wir beide frühstückten erst einmal, bevor ich mich winterfest an mummelte und ich mit Schneeschieber bewaffnet, mir einen Weg rüber zum Schuppen frei schippte. Denn dort stand die neu gekaufte Schneefräse. Wider erwarten sprang sie sogar gleich an. Max war längst wieder drin, als Tomash, dem Schnee hinterher sprang der aus der Schneefräse geflogen kam.

Ich habe dann den Hof geräumt und bin dann in Richtung Janosch und Susza gefahren um ihnen zu helfen, weil sie alles mit Schneeschieber räumen mussten. Es dauerte auch nicht lange, da trafen sich unsere Wege. Janosch wollte auch mal Schneefräse fahren. Ich habe ihn gelassen und bin dann zu Meike und Andi in die Ferienwohnung, um sie zu überraschen. Die beiden hatten es kuschelig warm und sogar ihren Kamin schon mit knackendem trockenen Buchenholz bestückt. Andi meinte nur, weil ich so komisch schaute, er müsse das doch ausnutzen, denn zu Hause habe er keinen Kamin. Ich beruhigte ihn und freute mich, dass die beiden so gut drauf waren. Ich fragte noch was sie eigentlich so vorhaben, da kam auch schon Tomash an die Tür und kratzte, als Zeichen das wir ihn hineinlassen sollen.

Tomash sprang dann sofort auf den Schoß von Meike, ließ sich kraulen und sagte: *„Das wird dir guttun.“*

*„Genau das ist die Begabung, , die ihn so bekannt gemacht hat, er hilft dir jetzt, deine seelischen Schmerzen zu lindern.“* Sagte ich zu Meike und machte es mir auch in der Nähe vom Kamin gemütlich.

*„Du wolltest doch wissen was wir so vorhaben, also am liebsten würden wir ganz gemütlich hierbleiben und mit euch zusammen Weihnachten feiern. Einen Tag bei euch und einen Tag bei uns hier*

in der Ferienwohnung. *Das wäre mein Vorschlag.*" Sagte Meike zu mir.

Sie fügte noch hinzu: „Da wir gestern bei euch waren, laden wir euch heute ein".

Ich fand das ok, haben noch eine Zeit ausgemacht und wollten uns dann 18:00 Uhr treffen.

Wir machten noch ein Nickerchen am Nachmittag und haben die hektische Vorbereitungsphase verpasst, denn Meike und Andi, haben mit Hilfe von Janosch und Susza ein edles Dinner gezaubert, und haben auch eine Überraschung vorbereitet.

Als wir beide zu unseren Nachbarn in die Ferienwohnung hinübergelaufen sind, knirschte der Schnee unter den Schuhen so doll, das es so aussah als würden wir eine sehr kalte Nacht bekommen. Selbst die Nasenflügel klebten zusammen, weil es schon so kalt war.

Wir kamen an das Haus, es war eine beängstigende Stille. Ein Zettel hing an der Tür, auf dem stand, dass wir in die andere Ferienwohnung kommen sollen. Tomash war natürlich schon wieder hier und kam uns entgegen, und murmelte nur etwas von „Überraschung". ich ging voraus, machte die Tür auf, ging hinein und stand im Dunkeln. Susi kam hinterher. Plötzlich machte irgendjemand das Licht an und alle riefen „Frohe Weihnachten".

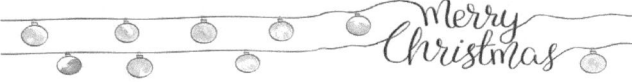

Alle, das waren, Meike und Andi, Janosch und Susza, Babsi und Judith, Gabor mit seinem Sohn Tamas und Alexander mit seiner Freundin Viktoria. Und zu unserer Überraschung war sogar Jacob gekommen, der ehemalige König der Katzen von Siofok. Ihn hatten Judith und Babsi mitgebracht.
Wir waren so überrascht, dass Susi und auch ich, einen heftigen Weinkrampf bekamen.

Es war wunderbar, was Meike und Andi möglich machten. Nach außen hätte ich es nie gesagt, aber wenn ich ehrlich bin, gewünscht habe ich mir es genauso, wie es jetzt gekommen ist.

Wir haben auch nicht mehr lange nach Gründe, für den unhaltbaren Zustand gesucht, wir waren alle froh, dass jetzt der Zustand wieder eingetreten ist, der vor dem Geld Segen herrschte. Nach dem wir ordentlich auf Weihnachten 2012 angestoßen haben, holten Susza und Meike den Enten und Gänsebraten aus des Nachbars Ofen. Es war die beste Weihnachtsgans und Ente, die ich bis dahin gegessen hatte.

Nach dem wir alle genudelt waren und uns nicht mehr bewegen konnten, haben Babsi, Jacob, Janosch Alexander und ich, erst mal einen guten Whisky getrunken. Susza, Meike Viktoria und Judith haben sich an die Winterbowle gehalten, die so ähnlich wie kalter Glühwein geschmeckt hat. Susi, Tamas und Gabor haben wie üblich Cuba Libre getrunken. Ich habe es sogar geschafft, noch am späten Abend zu uns rüber zu gehen und meine Gitarre zu holen. Wir haben entgegen unserer Gewohnheiten, sogar Weihnachtslieder gesungen. Am Ende des Abends, der eigentlich schon ein Morgen war, sind wir uns wie früher auch üblich, noch einmal um den Hals gefallen und konnten eigentlich nicht verstehen, dass wir uns wegen dem scheiß Geld fast verloren hätten und das auch nur weil keiner den ersten Schritt aufeinander zu gegangen ist, um mal miteinander zu reden.

Jacob, Judith und Babsi haben bei uns geschlafen, Meike und Andi haben Alexander und Viktoria mit in ihr Gästezimmer der Ferienwohnung genommen und Gabor ist mit seinem Sohn bei Janosch und Susza untergekommen. Gabor hat uns alle, nach dem er seinen Küchenchef noch am Abend angerufen hat, zum Brunch eingeladen.

Weil wir eine so große Gruppe waren, haben wir uns in der Wondercat-Bar getroffen.

Am nächsten Morgen, der natürlich fast schon ein Mittag war, musste ich und Janosch erst einmal wieder Schnee schieben. Dank meiner Schneefräse und vieler helfender, in dicke Handschuhe gepackten Hände, waren wir schnell fertig.

Wir mummelten uns in dicke Sachen und sind dann gemeinsam in Richtung Csardas Restaurant gegangen. Wir kamen natürlich auch an dem Haus von Klaus und seiner Frau vorbei, die mich ins Gefängnis bringen wollten und dort selber gelandet sind, weil sie öffentliche Gelder der Stadt Zamardi veruntreut hatten. Das Haus sah aus, als würde keiner etwas daranmachen. Die beiden saßen im Gefängnis und ich erzählte, dass dieses Haus zum Verkauf steht, weil die beiden, nach der Haftentlassung, aus der Gegend wegziehen wollen. Gabor versuchte einen Scherz zu machen und meinte nur so aus Spaß: „*Mensch Meike und Andi, das wäre doch was für Euch.*" Tomash der natürlich wieder mit dabei war, sprang immer an der roten Skihose von Meike hoch und sagte in seinem Katzengemurmel: „Los, sagt doch ja" Eine richtige Meinung hatten die beiden nicht dazu, aber sie tuschelten immer wieder zusammen und damit dies keiner mitbekommt, blieben Meike und Andi ein wenig zurück.

Natürlich kamen wir auch wieder an dem hübschen Brunnen vorbei, wo wir im Sommer immer Pause gemacht haben. Tomash sprang auf den Brunnenrand und sagte zu uns: „*Jetzt werde ich euch mal ein Geheimnis erzählen. In der Katzenweltgeschichte ist hier vor vielen hundert Jahren das Wunder der Heilung durch Kartäuser Katzen entstanden, denn einst lebte hier, weit vor den Magyaren, ein König der eine bildschöne Tochter hatte, die eines Tages verschwunden und wie vom Erdboden verschluckt war. Ein kleiner grauer Katzentiger, wahrscheinlich ein Kartäuser, hat den entscheidenden Tipp gegeben. Die Königstochter spielte* nämlich am Brunnenrand mit ihrer Zauberwunschkugel, die, wie ihr euch jetzt denken könnt, beim Spielen in den Brunnen gefallen ist. Die Königstochter hat versucht die Zauberwunschkugel selbst aus dem Brunnen zu angeln und ist dabei abgerutscht und selbst in den Brunnen gefallen. Als die Königstochter nach dem Tipp von einem Kater gerettet wurde, hat sie dem Kater die Zauberwunschkugel überlassen und hat gesagt, wenn du sie aus dem Brunnen herausbekommst, kannst du sie behalten. Der Kater nicht dumm, hat die Frösche zu Hilfe gerufen und sie haben gemeinsam die kleine goldene Zauberwunschkugel bergen können. Der kleine graue Kater, also wahrscheinlich ein Kartäuser, hat sich gewünscht, genau wie die Menschen, sprechen zu können. Bevor der kleine Kartäuser Kater, seine Kunst vererben konnte, kamen bittere Eiskalte Jahre, die viele Katzen nicht überlebt haben und somit auch direkte Vererbungslinien gekappt wurden. Und so gibt es heute nur noch ganz wenige Katzen die so reden und kranken Menschen hilfreich bei Seite stehen können, wie mich."

Tomash setzte sich jetzt auf den Brunnenrand, war total erschöpft und kaputt vom vielen reden. Janosch war der erste, der nach der goldenen Wunschkugel fragte, denn er stellte fest, dass sie ja irgendwo abgeblieben sein muß.

Tomash richtete sich wieder auf und erzählte weiter: *„Ja die Wunschkugel wurde uns geraubt, von einer Wahrsagerin aus dem damaligen wilden Puszta-Land und als ich im letzten Sommer „Marieanne" kennengelernt habe, dachte ich auf der richtigen Spur zu sein, denn sie stammte von der Roma-Familie direkt ab"* sagte Tomash. Dann wurde Tomash traurig, denn er erzählte weiter, was er alles damit machen könnte und wem er alles helfen könnte. Wir knuddelten ihn dann alle ein wenig und gingen dann weiter zum Csardas - Restaurant beziehungsweise zur Wondercat-Bar, wo das Brunch-Büfett schon aufgebaut wurde.

Es wurde sogar ein Weihnachtsbaum aufgestellt, überhaupt wurde viel geschmückt. In Ungarn feiert man sehr konservativ und auch Katholisch, mit einem leichten Einfluss von Russlands Väterchen Frost Weihnachten.

Auf dem Büfett standen kalte Speisen wie Salate, aber auch gegrillter Rippenbraten bereit und für die Süßmäuler gab es frisch gebackenes Gebäck.

Es war von allem reichlich da. Jacob war der einzige, der sich nicht so doll freuen konnte. Denn er, der ehemalige König der Katzen von Siofok, hat etliche Jahre auf der Straße gelebt und kannte natürlich noch den einen oder anderen aus seiner früheren Zeit. Er hätte das wahrscheinlich aus Stolz nie selber erzählt, aber Tomash kam zu mir und berichtete, dass Jacob ihm erzählt hätte, das in den Hallen der ehemaligen Spedition, wo Jacob früher selbst mit seinen Katzen gelebt hat, heute ungefähr 25 gestrandete Leben, die kein richtiges zu Hause haben und auf Unterstützung angewiesen sind.

Susi kam zu mir, als sie das hörte, und war mit Tomash der Meinung, hier müsse was getan werden. Sie brauchten mich natürlich nicht lange betteln, natürlich war ich auch der Meinung, hier muss geholfen werden. Wozu hatten wir denn die Stiftung „Tomash hilft" und vor Weihnachten, waren die Sponsoren besonders in Geberlaune, so dass wir da kurzfristig helfen konnten.

Für den zweiten Weihnachtsfeiertag, haben wir beschlossen eine Weihnachtsfeier für die ca. 25 Obdachlosen die es in Siofok am Balaton gab. auszurichten. Zu Freude Aller, waren alle unsere Freunde mit dabei. Gabor kochte und spendierte für draußen drei Heizpilze, damit ein wenig Weihnachtsmarktstimmung aufkam. Wir alle halfen beim Servieren und bei dem verteilen der Getränke. Unter den 25 Obdachlosen fanden sich auch einige die ein Instrument spielen konnten, und dadurch, dass ich Laszlo den Teufelsgeiger mit seiner Freundin Simona von heute zu morgen anheuern konnte, lief die Feier auch professionell ab, zu mindest was die künstlerische Seite betraf.

Beim Essen und Trinken, müssen wir sicherlich noch ein wenig üben, denn wir haben auch alkoholische Getränke ausgegeben, mit denen einige nicht richtig umgehen konnten. Für das kommende Jahr hatten wir auch beschlossen, nicht nur für die Obdachlosen eine Weihnachtsfeier zu organisieren, es sollte über die Stiftung „Tomash hilft" auch eine Weihnachtsfeier für Rentner, die auf Unterstützung angewiesen waren und eine Kinder-Weihnachtsabend für bedürftige Ungarische und auch Roma-Kinder durchgeführt werden.

Es war zwischen den Jahren, wie man so zu sagen pflegte, obwohl das ja nicht ganz stimmt, die Weihnachtsfeierlichkeiten waren nun vorüber, da begannen wir die Silvester-Feierlichkeiten vorzubereiten. Meike und Andi waren auch noch da und wir überlegten was wir denn so machen könnten. Zu Sylvester waren wir mit Meike und Andi bei Babsi und Judith eingeladen, das stand schon fest. Andi wollte unbedingt zum Thermalbad nach Héviz , welches in der Nähe von Kesthely zu finden war.

Der weltweit bekannte Kurort Heviz am Balaton in Ungarn mit rund 6.000 Einwohnern liegt ungefähr 6 Kilometer im Nordwesten vom Balaton, in der Nähe der wunderschönen Stadt Kesthely.
Die Hévizer Therme ist der zweitgrößte Thermalsee auf der Welt. Die Thermalbäder haben eine Größe von ungefähr 4,4 Hektar und sind etwa 36 m tief. Dieser See wird von einer unterirdisch liegenden Thermalquelle gespeist und hat somit auch in den Wintermonaten noch eine angenehme Temperatur von rund 25 Grad Celsius.

In den Sommermonaten beträgt die Temperatur des Wassers um die 35 Grad Celsius. Das sind also herrliche Temperaturen zum Entspannen und für Massagen. Bei einer Héviz-Kur kann man dies genießen. Das eigentliche Herz der Stadt, ein Thermalsee, hatte den Ursprung vor vielen zehntausend Jahren. Zu dieser Zeit entsprangen die heißen Quellen, die mittlerweile den bekannten Thermalsee speisen. Bereits die alten Römer kannten die heilende Wirkung des Hévizer Wassers.

Wir sind dann mit dem großen Land Rover von Babsi nach Héviz gefahren um uns in die heißen Quellen des Thermalbades zu stürzen. Sogar Tomash war mit, der nicht mit durch den offiziellen Eingang durfte, aber durch eine Lücke im Zaun geschlüpft war und dann auf uns gewartet hat. Er ist sogar einen Moment mit uns geschwommen. Er war eben etwas Besonderes, unser Tomash. Fast jeden Tag entdeckten wir neue wundersame Sachen an ihm.
Wieder erwartend war auch eine große Kindergruppe da, die aus einer Lungenheilanstalt kamen, sich hier was

Gutes im Thermalbad gönnten, aber leider den kleinen Tomash erkannt haben. Durch die Presse und durch Funk und Fernsehen, war er zu mindest in Ungarn und in den deutschsprachigen Ländern schon so bekannt, dass man eigentlich jedes Mal erst einmal überlegen musste, ob wir ein Ziel mit privatem Hintergrund in Angriff nehmen können.

Die Bademeister haben leider keinen Spaß verstanden und uns sofort gebeten, das Bad zu verlassen. Babsi hatte eh genug und hat den kleinen traurigen Tomash in das Auto gebracht. Wir schwammen dann noch ein paar Minuten, bevor wir dann auch aus dem angenehmen 25°C warmen Wasser gestiegen sind und dann an der frischen Luft geklappert haben.

Auf dem Rückweg zu uns nach Zamardi haben uns dann Meike und Andi erzählt, dass sie ernsthaft in Betracht gezogen haben, das Haus von Klaus und seiner Ungarischen Frau zu kaufen. Ich muss jetzt nicht weiter erwähnen, dass uns das gefreut hat und Babsi machte natürlich auch gleich die allerschönsten

Umbauvorschläge. Meike und Andi wollten aber erst einmal herausbekommen, was das Haus kosten soll. Ich bot mich natürlich sofort an, den Bürgermeister anzurufen, was ich während der Rückfahrt auch sofort tat. Wir haben dann noch im Auto erfahren, dass dieses Haus zum halben Verkehrswert verkauft werden soll, da es im Interesse der Gemeinde ist, hier kein Lehrstand entstehen zu lassen. Genau wie bei unserem Haus damals. Die nächsten bedenken hatten sie, bei der Suche nach einem Job. Susi sagte zu Meike, sie könne doch bei ihrem ehemaligen Arbeitgeber, in dem kleinen Modeschmuckgeschäft arbeiten. Susi sagte sie würde Meike empfehlen und gleich am nächsten Tag mit ihr mal vorbeifahren. Babsi wiederholte noch einmal das Angebot an Andi in ihrer Baufirma zu arbeiten und auch ich machte ihm erneut das Angebot bei mir in der Stiftung zu arbeiten.

Als wir wieder in Zamardi waren haben wir ausgesehen wie die Streichhölzer. Durch die frische eisige Luft und das baden im warmen Thermalwasser bekamen wir alle roten Köpfe.

Wir haben dann noch einen Schlummertrunk genommen, der die rote Farbe der Köpfe noch mehr leuchten ließ und sind dann ziemlich schnell ins Bett gegangen, weil es doch ein sehr müde machender Tag gewesen war. Tomash hatte, so glaube ich keinen roten Kopf, zumindest konnte man es nicht sehen. Der nächste Tag, es war der 30.Dezember, fing genau so an wie die letzten Tage auch. Wir mussten erst einmal den in der Nacht gefallenen Schnee weg schaufeln. Ich machte das mit Absicht noch vor dem Frühstück, damit ich beim Frühstück nicht so ein schlechtes Gewissen haben brauchte, denn ich hatte über die Weihnachtstage ein paar Kilo zugenommen und da war das Schnee schaufeln eine gelungene Therapie dafür, die Kilos langsam wieder purzeln zu lassen. Während ich noch über meine dazugewonnenen Kilos philosophierte und mir meine weichen Maisbrötchen hinein schaufelte, haben sich Andi und Meike leise aus dem Haus geschlichen.

Ich habe dann noch mit Tomash im Garten, in dem der weiche Pulverschnee taufgetürmt war, umhergetobt. Wir konnten beide, sicherlich durch unser spaßiges umherkichern, sogar den kleinen Max dazu bringen, sich auch in den Schnee zu werfen. Allerdings sind derartige Übungen nur von kurzer Dauer und so war es auch dieses Mal, denn nach fünf Minuten lag er wieder am Kamin um sich aufzuwärmen.

Gegen 11:00 Uhr waren Andi und Meike auch wieder zurück. Ich dachte sie wollten einfach nur Allein sein. Manchmal hat man ja solche Anwandlungen, denn uns geht es auch oft so. Immer nur Leute um einen herum ist ganz schön anstrengend. Ich fragte ob sie beide auch einen Tee möchten, was sie bejahten. Ich machte uns einen leckeren Kirsch-Joghurt-Tee. Susi mochte auch einen und hat die Arbeitsvorbereitungen für das neue Jahr 2013 erst einmal bei Seite gelegt. Als wir da nun mit unserem Tee so saßen, drucksten die beide so herum, das es mir mit meiner Ungeduld zu viel wurde und ich sie fragte: „Na irgendetwas habt ihr doch, also raus damit, vielleicht können wir ja helfen." Sie machten es dann ganz kurz und erzählten uns, sie währen beim Bürgermeister gewesen und haben, nachdem er den beiden ein Super entgegenkommendes Angebot gemacht haben, sofort zugeschlagen und das Haus gekauft, in dem Klaus mit seiner ungarischen Frau gelebt hatten. Tomash der das ganze mit angehört hatte, sagte dann: „Schade das Fritz nicht mehr lebt, denn dann währen wir jetzt schon zu dritt.

Und wie die Geschichte mit Tomash weitergeht, könnt ihr später lesen, wenn ich den dritten Teil geschrieben habe.

Euer Mario Naumann